es 1879

edition suhrkamp

Neue Folge Band 879

Menschen aus verschiedensten gesellschaftlichen Bereichen sind sich in einem einig: So geht es nicht weiter! Politikmüde, Altlinke, Neurechte, Ostdeutsche rufen nach radikalen Änderungen. Nicht mehr vorausgesetzt wird die Handlungsfähigkeit von Politikern. Demokratie selber ist mehr und mehr dem Spott ausgeliefert. Die politischen Extremgegner wünschen einander in Internierungslager. Kaum jemand will einen Führer. Viele wollen Führung. Wie hoch ist die Bereitschaft, autoritäre Modelle zu akzeptieren?

Von Bodo Morshäuser, geboren 1953, erschien zuletzt *Der weiße Wannsee. Ein Rausch* (1993).

Foto: Anita Schiffer-Fuchs

Bodo Morshäuser
Warten auf den Führer

Suhrkamp

edition suhrkamp 1879
Neue Folge Band 879
Erste Auflage 1993

Erstausgabe

Satz: Fotosatz Otto Gutfreund GmbH, Darmstadt
Druck: Nomos Verlagsgesellschaft, Baden-Baden
Umschlagentwurf: Willy Fleckhaus
Printed in Germany

1 2 3 4 5 6 – 98 97 96 95 94 93

Warten auf den Führer

In Freiheit bin ich garstig
Gefangen will ich sein
Erklär mir meine Rechte
Sperr mich ein

Element of Crime
1993

Inhalt

I

Vorwort 1993

Vor fünf Jahren ging ich den Spuren einer Kette rechtsextremistischer Vorfälle nach, die sich während der achtziger Jahre im norddeutschen Kellinghusen ereignet hatten. Meine Versuche, Gespräche mit Personen und Persönlichkeiten des Ortes zu führen, gehören, von heute aus gesehen, einer vergangenen Epoche an.

Brachte ich damals das Thema Rechtsextremismus zur Sprache, so waren typische erste Reaktionen das *Achselzucken*, verbunden mit der *Pause*. Es folgten Spontanauskünfte: »Ganoven«, »Einzelfälle«, »Gab es immer schon«. Allein Lehrer wußten den Alltag des Protests und der Gewalt (von Eltern und Kindern) farbig zu schildern.

Kommt jenes Thema heute auf, so ist die typische erste Körperreaktion das *Kopfnicken*. Man weiß Bescheid, man hat genug gehört. Der typische erste akustische Moment ist das *Anheben zum Sprechen*. Dann folgt die Stellungnahme. Die Rede. Die Rederei.

Am heftigsten wird, dem Zyklus oder den Wellen entsprechend, geredet, nachdem etwas geschehen ist. Daß etwas geschehen ist, melden die Agenturen. Wir sehen Bilder. Lesen gesammelte und gedruckte

Fakten, seitenlange Kommentare. Lassen vorreden und reden nach. Vorkommentiertes wird hochengagiert nachkommentiert. Unabhängig von dem Gesprächsgegenstand scheint der Kommentierdruck ein Motor zu sein, der eigenen Gesetzen unterliegt, zuallererst dem, nicht still zu stehen. Ganz wie die Programme es vorgeben, wechselt das Publikum die Themen. Also seit *Solingen* längst *Bischofferode, Bad Kleinen* und *Belet Uen* durchgenommen.

Nach jeder der vier großen Wellen, durch die Rechtsextremismus in Deutschland zur Kenntnis genommen wurde, gab es kurze »ruhige« Zwischenzeiten. Pausen des Interesses. Die Agenturen schwiegen. Das Thema verschwand von den Bildschirmen und aus den Was-sagst-du-zu-...-Gesprächen. Berichte über den nächsten, die Ruhe beendenden, kommentarwürdigen Anschlag begannen dann mit der Bemerkung, die Lage hätte sich in den vergangenen Monaten beruhigt gehabt, und nun das.

Jetzt ist es wie zu den Zeiten Februar bis Juli 92 sowie März und April 93. In diesen acht von sechzehn Monaten ist mangels aktueller Anlässe kaum über Rechtsextremismus, Skinheads oder Jugendlichengewalt herumdiskutiert worden.

Nach *Hoyerswerda* (Welle eins) fand eine große öffentliche Fragestunde statt. Sie dauerte zwei Monate. Der Graben zwischen politischer Elite und einfachen Leuten, Multikulturlust und Multikulturangst, wurde vertieft. Nach *Rostock* (Welle zwei) gab es ähnliche Reflexe. Auch die Anlässe waren vergleichbar. Ein Betroffenheitskult setzte ein, der Betroffene ausließ. Die Morde von *Mölln* (Welle drei) wurden durch eine Art Bürgeraußenpolitik in Form von Lichterketten beantwortet. Nach wenigen ruhigen Monaten schreckten die Morde von *Solingen* (Welle vier) auf. Die Wiedergutmachungszeit schrumpfte auf sechs Wochen. Man braucht nicht mehr drei Monate, bis die Luft rein ist.

In diesem Sommer ist *Solingen* kein Thema mehr. Die Schadensbegrenzung ist beendet; die Echos der Wiederholungsanschläge und der multikulturellen Übertrumpfungsversuche vorbei. Auch über diesen Sommer wird es heißen, die Lage habe sich beruhigt. Wie im Vorjahr und im Jahr davor. Nach dem Motto: *Was ich nicht weiß, das macht mich nicht heiß.*

Wenn die Betroffenheiten über schlagzeilenwürdige Brandanschläge Rechtsextremer und anderer Irrer verglüht sind, in den scheinbar ruhigen Zeiten, also auch in diesem Sommer, dann geschieht nichts geringeres, als daß *hingenommen* wird. Schäden durch rechtsextremistische Gewalt davonzutragen, wird inzwischen als Normalrisiko angesehen. Auch Autounfälle, selbst wenn sie Tote fordern, ergeben keine Zeitungsnotiz. Angriffe auf Wohnungen

Nichtdeutscher sind der überregionalen Presse für kurze Zeit Zehnzeilenmeldungen wert gewesen; dann verschwanden sie aus den Rubriken. Ohne Tote läuft hier nichts. Wer will das alles wissen? Was bringt es, täglich zu melden, Deutsche zündeten Nichtdeutsche an? Niemand will tagtäglich lesen oder hören müssen, er tue Böses. Niemand will das alles wissen. Statistisch betrachtet löst nur jeder zwanzigste Todesfall mit rechtsextremem Hintergrund eine öffentliche Wahrnehmung aus, also breite Empörung und Wiederholungsanschläge. Brandgeruch ist tägliche Luft. In der zweiten Juliwoche (ein Ausschnitt aus der »ruhigen Zeit«) hießen die Orte, die in Fünfzeilenmeldungen über Brandverletzungen und Rauchvergiftungen sowie einen aus dem Koma Erwachten, Spätfolgen nicht ausgeschlossen, auftauchten, Schwedt, Ilsenburg, Herzogenrath, Göttingen, Potsdam, Kempten, Lohr am Main und Borken. Wer will das alles wissen? Dagegen: Jeder Asylbewerber, der nach dem 1. Juli per Gerichtsbeschluß eine Prüfung seines Begehrens erreicht hat und sich solange im Flughafensammellager aufhalten darf, ist eine ausführliche Meldung mit Erwähnung seiner Nationalität wert. An die richterlichen Beschlüsse wird die in Hinsicht auf kommende Wahlkämpfe profitversprechende Sorge geknüpft, der neue Grundgesetzartikel 16 würde unterlaufen.

August. In Stuttgart wird die Leichtathletikweltmeisterschaft eröffnet. Einen Tag vorher überfielen Rechtsextreme in Hoyerswerda eine Gruppe griechischer Arbeiter, die vor dem Bahnhof auf ein Taxi warteten. Drei kamen schwerverletzt ins Krankenhaus. Im August vermittle Deutschland ein Bild in die Welt, das ihm gut tue, sagt Dieter Adler, nachdem Carl Lewis das Stuttgarter Publikum lobte. Auch der Zehnkämpfer O'Brien, in Konkurrenz zu deutschen Athleten, sei vom Publikum unterstützt worden, fügt Gerd Rubenbauer hinzu. Als sei nicht auszuschließen, daß O'Brien bei jeder Übung ausgepfiffen, zwei Tage lang demoralisiert werden könnte. In Plettenberg, Sauerland, ist nach einem Brandanschlag das Haus einer Familie abgebrannt. Auf das Wohnhaus einer marokkanischen Familie in Wegberg bei Mönchengladbach wurde der dritte Brandanschlag innerhalb weniger Wochen verübt. Gera: Austauschschüler zusammengeschlagen. Im baden-württembergischen Hechingen ging es gegen Grabsteine des jüdischen Friedhofes. Meldungen, die ich mühsam zusammensuche. ALDI in Berlin kontingentiert den Warenverkauf an Ausländer. Kein Pressesprecher in Sicht, um diese Meldung oder diesen Tatbestand zu korrigieren.

Sommer, kaum erinnerungswürdiger Sommer. Ohne Hitzewelle, ohne Datum, das Geschichte werden wird.

In Solingen wurden Ende Mai des Jahres fünf türkische Frauen und Mädchen getötet. In der Nacht wurden Brandsätze gelegt, die das Haus in Flammen aufgehen ließen. Amtliche Reaktionen: »Feiger Mord«, »schreckliches Geschehen«, »das uns ansehensmäßig schaden wird« (v. Weizsäcker, Kohl, Kinkel). Die Taz prägte den Begriff »Mordbrenner«. Andere druckten ihn nach. Hätte Chancen, dachte ich, Wort des Jahres zu werden. Wer will das alles wissen? Aus Protest blockierten türkische Männer deutsche Autobahnen. Andere forderten den Bundeskanzler auf, sich sofort zu äußern.

Knapp drei Wochen nach dem Tod der fünf Türkinnen gab der Bundeskanzler eine Regierungserklärung ab. Sie fand keine Beachtung bei denen, die den Kanzler sofort nach Solingen öffentlich hören und sehen wollten. Die Welle war abgeebbt, ausgestanden, ausgesessen. Der Kanzler trat auf und definierte die allseits festgestellte und beklagte Parteien- und Politikverdrossenheit um in »Staatsverachtung«. Ohne auf Widerspruch zu stoßen, behauptete er vor dem voll besetzten Bundestag, eine »Staatsverachtung« habe den Tätern von Solingen »Vorschub geleistet«. Keinesfalls hielt die Opposition der Regierung eine Verantwortung für die Kette von den »Rückkehrprämien« von 1983 bis zu den letzten Morden vor. Rau antwortete dem Kanzler, indem er gestand, er sei »ratlos«. Sieger: Kohl.

In der damaligen Epoche, vor fünf Jahren, war die Ratlosigkeit verbunden mit dem *Achselzucken*, der *Pause*. Heute ist das Eingeständnis der Ratlosigkeit *beredt* und schielt auf den Ehrlichkeitsbonus.

Terror! Dieses Wort fehlte in den Stellungnahmen zu Solingen. Bevor in Bad Kleinen die RAF neuinszeniert wurde, war von *Terroristen* zuletzt am 8.11.92 zu hören. Bei einer vom Fernsehen live übertragenen Massendemonstration in Berlin, einer Reaktion auf die Morde von Mölln, wurden Politiker mit Eiern beworfen. Diepgen nannte die Täter *Demonstrationsterroristen*. Andere forderten Gummigeschosse für die Polizei. Offenbar ist *Terror* keine Bezeichnung für die allnächtlichen Brandattacken. Offenbar soll diese Bezeichnung nur auf jene zutreffen, die Politiker angreifen, und sei es mit Eiern. Warum nicht auf jene, die *Menschen* töten, nicht *Menschen in Funktionen*? »Wir lassen uns unsere Demokratie nicht kaputtmachen!« sagte ein Bundestagsabgeordneter, als Demonstranten am Tag der Änderung des Grundgesetzartikels 16 die Zufahrtswege zum Plenarsaal versperrten. »Deutschland ist kein Aufmarschgebiet für Terroristen!« sagte Kohl in seiner Solingenrede. Jedoch meinte er die Türken in Deutschland. Ein anderer krasser feiner Unterschied: Anschläge von rechts schadeten dem Ruf des Landes im Ausland und hielten Investoren aus anderen Staaten ab. Anschläge von links aber bedrohten die innere Sicherheit und seien Angriffe auf die Demokratie.

Jurek Becker benannte diesen Unterschied: Je nachdem, ob einem etwas *peinlich* oder *zuwider* sei, reagiere man verschieden. Peinlich ist einem etwas, an dem man teilhat, peinlich ist, wenn die verschwiegene Teilhabe ans Licht der Öffentlichkeit (des Auslands) kommt. Ist einem etwas zuwider, so gibt es keine Spaltung zwischen öffentlich Gesagtem, privat Gemeintem und wirklich Getanem. Der Terror von rechts ist manchen Verantwortlichen peinlich. Sie sind verstrickt.

Einmal Skinhead, immer Skinhead, sagt er und richtet den Scheitel. Mit Ende zwanzig ist er der älteste der drei. Die Tour Geldstrafe / Arbeitseinsatz / Bewährungsstrafe / Gefängnisstrafe ist zehn Jahre her. Wieder draußen, besann er sich und hörte auf, Mißliebige zu verhauen. Äußerlich trennte er sich von seinesgleichen und erlernte einen Beruf. Als normal angesehen zu werden, nicht weiter den kostümierten Angstmacher in der Fußgängerzone darzustellen, dient zudem als Schutz nach innen: man provoziert ihn nicht. Auch ich werde im Alter ruhiger, sagt er. Grinst. Wenn er Harmloses sagt, scheint es auch etwas anders gemeint zu sein. Der rechte Unterarm ruht in Gips. Nicht mehr mit den Fäusten in meinem Alter, mit Köpfchen ... Er besorgte Gruppenfahrscheine für kurze Strecken und verkaufte sie den fünfzig bis siebzig Skinheads, die meistens zu den Fußballspielen mitwollten. Es konnte nach München gehen oder nach Neapel, für weniger als zehn Mark. Wenn die nicht mehr gültigen Fahrausweise bemerkt wurden, reichten die Bahnbeamten die Verantwortung, dies zu klären, mindestens aus Angst vor einer größeren Verspätung, von Bahnhof zu Bahnhof weiter. Bis sie in München oder Neapel waren. Pünktlich. Beendet wurde diese Reiseform in Wattenscheid, in Wattenscheid!, stöhnt er und schlägt sich gegen die Stirn. Sie waren zu wenige, nur fünfzehn Mann, und wurden gestellt. Von den Fahrscheinverkäufen lebte er eine Zeitlang, rutscht ihm heraus. Ihm ist nichts mehr vorgeworfen oder nachgewiesen worden. Er gibt ein Magazin in kleiner Auflage heraus, in dem »vergnügliche Treffen«, wie er sagt, angekündigt und nachbereitet werden: Saufen, Fußball, »Spaß«.

Der neben ihm ist dreiundzwanzig. Auch er hat den radikalen Teil seiner Karriere als Skinhead hinter sich. Damals suchten und fanden sie welche, die sich kommandieren ließen: Trinker vom Ort, Berber, Nichtseßhafte. Wenn die Jungs Bier wollten und das Geld fehlte, drohten sie den Allerletzten vom Ort Gewalt an für den Fall, daß sie keines beschafften. Wollten die Jungs »Spaß« haben, mißhandelten sie die erwachsenen Trinkermänner mit deren Einverständnis. Einer ließ sich für zehn Mark in den Fuß stechen. So, in den Boden genagelt, ließen sie ihn stehen. Ein anderer Trinker, der den Ruf hatte, »gutmütig« zu sein, alles mit sich machen zu lassen, wurde erst gequält, dann – von Erwachsenen – ermordet. Eines Tages wurde eine Frau ermordet, von mehreren Jungs, und der Dreiundzwanzigjährige war dabei, mit siebzehn. Auch die Frau, das Opfer, war Trinkerin. Schlagen gehörte zum Alltag. Sie wehrte sich nie, schrie nie. Auch in jener Nacht nicht, in der sie sie totprügelten. Darüber redet er nur mit denen, die dabei waren. Dann tragen sie, nach dem x-ten Bier, einen unsichtbaren Orden: Das Leben ist hart, man war dabei, das Leben geht weiter. Er hat im Gefängnis eine Lehre abgeschlossen. Auch er sieht nicht aus, wie wir uns einen Skinhead vorstellen. Auf der Skinszene sieht man ihn nicht mehr.

Dort treiben sich andere herum und genießen es, Angst zu machen. Zum Beispiel der Sechzehnjährige, der daneben sitzt und den man sogleich als Skinhead erkennt. Er sagt keinen Ton. Er soll nicht quatschen, sondern zuhören, sagt der Ältere, er soll wissen, wie weit er gehen darf, wenn er sich sein Leben oder die nächsten Jahre nicht versauen will.

»In dem Maße, wie sich die Rebellion gegen eine funktionierende, wohlhabende und ›demokratische‹ Gesellschaft richtet, ist sie eine *moralische* Rebellion gegen die scheinheiligen, aggressiven Werte und Ziele, gegen die blasphemische Religion dieser Gesellschaft, gegen alles, was sie ernst nimmt, wozu sie sich bekennt – während sie verletzt, wozu sie sich bekennt.«

»[Es] hat sich eine nachdrückliche Absage an die traditionellen politischen Praktiken durchgesetzt: an das Netz der Parteien, Komitees und Interessengruppen auf allen Ebenen, an jegliche Arbeit in diesem Netz und mit seinen Methoden. Diese ganze Sphäre und Atmosphäre ist mit all ihrer Macht hinfällig geworden; für die Rebellen ist nichts, was irgendeiner dieser Politiker, Volksvertreter oder Kandidaten verkündet, von irgendwelchem Belang; sie können es nicht ernst nehmen ... Sie sind keine berufsmäßigen Märtyrer: sie ziehen es vor, nicht geschlagen, nicht inhaftiert, nicht entlassen zu werden. Aber das ist für sie keine Frage der Wahl; Protest und Weigerung gehören zu den tiefgreifenden Intentionen der Umwandlung und erstrecken sich auf die Machtstruktur als Ganzes. Der von dieser Struktur organisierte demokratische Prozeß ist derart diskreditiert, daß sich kein Teil aus ihm herauslösen läßt, der nicht beschmutzt wäre.«

Alte Rechte? Neue Linke? Eher Rebellenprosa.

Weder nur rechts noch nur links. Ein Code der Zivilisations- und Demokratiefeindlichkeit. Weder alt noch neu. Mit siebzehn habe ich diese Sätze von Herbert Marcuse in dem Taschenbuch »Versuch über die Befreiung« mit einigen Ausrufezeichen verziert. Soeben, während dieser Entdeckung, erschrecke ich. Wahrscheinlich teilten nie vorher so viele Bürger der Republik den Inhalt wie den Überdruß dieser Sätze.

II

Die Redseligkeit ist die Verbreitung langer unbedachter Reden, der Redselige aber ist einer, der sich an einen Unbekannten nahe heransetzt und zuerst ein Loblied auf seine eigene Frau singt. Dann erzählt er, was er nachts im Traum gesehen hat, dann schildert er im einzelnen, was es zu essen gab. Dann spricht er, langsam in Fahrt kommend, davon, wieviel schlechter die Menschen heute sind als früher, wie billig der Weizen auf dem Markt ist, wie viele Fremde in der Stadt sind.

Theophrast
371-287 v. Chr.

Warten auf den Führer

STEINER Keinen gehört, der sagte, er warte auf den Führer. Was ist los?

REGER Das sagt man nicht. Dieses Warten wird anders erzählt. Als Ungeduld. Als *So-geht-es-nicht-weiter*. Verschiedene Mengen und Gruppen sind aus verschiedenen Gründen und mit offenbar abweichenden Perspektiven der Ansicht, daß radikale Änderungen vonnöten sind. Das Streitgespräch zwischen ihnen, wie eine andere Ordnung, wie die führende Hand beschaffen zu sein habe, ist zwar kontrovers. Doch sind sich Rassisten, Antirassisten, Nationalisten, negative Nationalisten, Politikmüde und Politikverdrossene sowie Systemgleichgültige, alles ganz normale Leute, neben scheinbaren Unterschieden in einem einig: Sind nicht auch Sie neulich jemandem begegnet, der erbittert feststellte, daß es so nicht weitergehen könne?

STEINER Neulich? Täglich! Gut so! Wäre das Gegenteil nicht bedenklich? Was meinen Sie?

REGER In jeder Zufallsrunde herauszuhören, in jedem Speisewagen um Kontakt bemüht: die sogenannten Politikverdrossenen. Sie schweigen nicht, sie poltern anonym und protestierend ins Gespräch oder versuchen auf diese Weise eines zu beginnen. Schimpfen auf unehrliche, sich bereichernde, andere in Armut stürzende Politiker, die die Übersicht verloren hätten. Auf jugoslawische Hütchenspieler, polnische Autoschieber und die Russenmafia. Bettelnde Roma, steigende Mieten und Fernsehkriege – all dies ist ihnen Beweis für die Notwendigkeit von etwas anderem. Zeitungen und Sendungen, denen sie diese Information entnehmen, bleiben von ihrer Kritik nicht verschont. Die Vielfalt der Meinungen und Ansichten, die offen ausgetragenen Widersprüche – dies alles, so die verblüffende Schlußfolgerung der Verdrossenen, die ich kenne, sei in Wirklichkeit eine Einfalt, ein Einheitsprogramm – *Manipulation*. Die Unübersichtlichkeit und das Gefühl, ausgeliefert zu sein, werden jedoch nicht als Schicksal empfunden, sondern als veränderbar.

STEINER Ich finde, was wir jetzt brauchen, ist ein Regierungswechsel.

REGER Damit ist weniger gemeint, man werde beim nächsten Mal eine andere Regierung wählen, sondern eher, man werde die Wahl boykottieren.

Steiner Aufgrund des hochbeschleunigten Austauschs, den man kaum noch Wechselwirkung nennen kann, gehen Medien- und Gesellschaftskritik mehr und mehr in eins. Man kann dies entwirren wollen. Man kann aber auch die Verwirrung als Realitätsbeschreibung annehmen.

Reger Am liebsten, heftigsten und erinnerungsfähigsten wird kritisiert, was durchs Fernsehen gezeigt, gar aufgedeckt wurde; und kritisiert wird im nächsten Atemzug, daß Medien so nah ans wirkliche Leben rangingen. Im übernächsten dann, daß Medien Gewalt zeigten. Dann, daß Gewalt auf den Straßen zunehme. Sodann ist die Politik schuld – und so weiter im Kreis. Neu entflammt ist ein Haß aufs Parlament. Er wird von Menschen aller Generationen geschürt. Selbst heute über Siebzigjährige, die aus eigenem Erleben wissen könnten, was auf die Verachtung des Parlaments folgt, gefallen sich in dieser Pose.

Steiner Manche ältere Menschen sympathisierten in den achtziger Jahren mit den Grünen. Nicht, weil sie grüne Inhalte angenommen hätten. Ihnen imponierte, wie frech diese jungen Politiker sich im Parlament aufführten. Verdrossenheit ist nichts Neues. Gehört zur Demokratie dazu. In den Achtzigern profitierten die Grünen von ihr, in den Neunzigern die Republikaner. Unbedeutend.

REGER Noch wurden die nicht zum Problem, die das in Stimmen ummünzten. Erklären sich mir Verdrossene, so höre ich nicht allein Gesellschaftskritik; auch Systemkritik; auch Systemgleichgültigkeit, Systemüberdruß. Vielleicht begriffslos. Vielleicht nicht theoriefähig. Jedoch ist die Rede der Verdrossenen nicht, man solle hier und da etwas ändern im Sinne von Verbesserungsvorschlägen. Gesagt wird, »das Ganze« laufe nicht mehr richtig. Nicht der Bundeskanzler einer anderen Partei sei die Lösung. Das Beenden des permanenten Quasselns und Vermehrens dieses Quasselns über Politik sei erforderlich. Was Verdrossenheit genannt wird – ich nenne es *Extremismus der Mitte*. Satte Bürger spielen sich als Benachteiligte auf, weil sie sich auf dem Gebiet der Verabredungen und des Ausgleichs der Einzelinteressen betrogen fühlen. Ihre Folgerung ist, Verabredungen abzuschaffen und durch Zwangsvorführungen zu ersetzen. Würde man ihren Phantasien folgen, wäre manches Parlament bereits in die Luft gesprengt. Sozial-, Kranken- und Lebensversicherte übertreffen sich in Vernichtungsphantasien ihrer eigenen Grundlagen. *Politikmüdigkeit*, dieses Wort wurde früher gesagt. Ein Volk von Halb- und Tiefschläfern träumt seine Vernichtung ohne das Gefühl, einen Alptraum zu träumen. Der Politik wird übelgenommen, daß sie nicht Religion ist.

Steiner In der Politik soll nicht zu erkennen sein, was den Alltag schäbig und schmutzig macht.

Reger Die Alternative ist immer eine Diktatur, auch wenn ich hin und wieder das Wort Demokratur höre, vor dem es mich ekelt. Der Extremismus der Mitte, das ist die Müdigkeit der Mehrheit, vielleicht ihre Sattheit. Zu voll und breit, um sich den eigenen Aufs und Abs, den Hins und Hers anderer und den Meinungsverschiedenheiten auszusetzen. Haben sich in ihrem diktaturfreien Leben so ausgetobt, daß sie, nachdem sie jahrelang schon im Aidsknast stecken, sich auch mit größerem, einem Gesellschaftsgefängnis abfinden würden. Der müde Extremismus der Mitte, das ist auch das Warten darauf, daß andere Steine und Brandsätze werfen; wozu man, hinter Autos verschanzt, Beifall klatscht. Dessen Protagonisten bestärken den schweigenden Rechtsextremismus, der wiederum Ausdruck der gesellschaftlichen Mitte ist. Rechtsextreme Handlungslegitimationen beziehen sich auf diesen Mitte-Extremismus. Dem ist das Warten auf eine andere Ordnung, eine führende Hand, auf eine Diktatur oder deren Inkaufnahme durchaus anzuhören.

Steiner Bei dem Verdacht auf *Manipulation* schwingt die Forderung mit, diese zu beenden. Wie? Mit autoritären Staatsakten. Damals hieß eine solche Forderung »Enteignet Springer!«. Ein autoritärer Staat, den es so nicht gab und den man verdammt hätte, sollte – quasi ausnahmsweise – einen Eigentümer enteignen. Diese Forderung war so naiv wie faszinierend.

REGER Die mir heute mit dem Begriff *Manipulation* kommen, sind Leute, denen er damals (im Westen) selber von Jüngeren entgegenschlug. Zugleich sind es jene, die ununterbrochen auf Fernsehsendungen hinweisen, wenn sie etwas zu erzählen haben. TV-Junkies sagen, TV manipuliere sie! Überinformierte, Leute, die den Ausschaltknopf nicht finden, bevor sie besoffen sind oder schlafen, fühlen sich manipuliert. Aber sie wollen nicht allein glücklich werden. Daher ihre Rede, *alle* seien manipuliert. Sie wollen ein Einheitsprogramm, die Vielfalt irritiert sie, sie vermuten doch nur wieder eine Verschwörung zur Einheit dahinter. Diese Obergelangweilten an den reichsten Flecken der Erde halten die Freiheit nicht aus. Die Alternative zum Zwangssystem Manipulation, so höre ich, sei die Benennung der Wahrheit.

STEINER Der Wahrheit! Ach!

REGER Lieber offene Betrüger als Regierende denn peinliche Affären von Politikern, die als ehrlich gelten wollen, während jeder weiß, sie können es nicht sein. Dem letzten, der so sprach, im Speisewagen Hamburg–Berlin, sagte ich zur Belustigung unserer Zuhörer, gäbe es Krieg, wir stünden gegeneinander.

STEINER Krieg? Wieso? Wegen Manipulation?

REGER Demokratie oder Diktatur?

STEINER Ich sehe nicht, daß diese Frage gestellt wird.

REGER Ich schon.

STEINER Von den Verdrossenen? Ach! Das sind jene Leute, die mehrheitlich der Ansicht sind, die Zukunft sehe düster aus, und die ebenso mehrheitlich sagen, ihre persönlichen Verhältnisse würden sich nicht verschlechtern. Wozu Wahlkämpfe, wenn es nicht jene gäbe, die zwischen den Wahlen auf alles schimpfen und dann wieder eingefangen werden müssen? Sie gehören dazu wie zum Beispiel die Übereifrigen.

REGER Andere Menschen, die ständig zu Gesellschaftskritik, zuweilen auch Systemkritik aufgelegt sind, sehen sich mit der Bezeichnung »Verdrossene« unterbewertet. Sie verweisen auf ihre Bildung und beschreiben die Problematik, die sie erhitzt, eher »historisch«. Der Anlaß ihrer Kritik ist nicht die alte neue Unübersichtlichkeit im allgemeinen. Ihre Aufmerksamkeit gilt den rassistischen Anschlägen der vergangenen Jahre und Tage im besonderen. Selbstverständlich blicken sie über den Tellerrand hinaus: Ob die Änderung des Grundgesetzartikels 16, ob die Verarmung Ostdeutschlands, ob militärische Einsätze anderswo oder die Verteilung der Kosten zu Lasten der Ärmsten: dies sind ihnen Belege für die Einschätzung, daß Großdeutschland sich bereits im Kampf befinde; zumindest im inneren. Diese Menschen – Antirassisten, Antinationalisten (Anti-Nazis?), auch bürgerliche Liberale und Linke – erinnern dringlich an die jüngere deutsche Vergangenheit, um die Bedeutung ihrer Sorge »ums Ganze« (da ist es wieder) hervorzuheben. Da Hitler auf demokratischem Wege an die Macht kam, müsse Rechtsradikalen der legale Weg in die Entscheidungsprozesse verbaut werden – durch Ächtung, Ausschluß, schließlich Verbot. An die Außerordentlichkeit der deutschen Barbarei erinnernd, fordern sie außerordentliche Maßnahmen, solche, die die gegenwärtige Ordnung überschreiten.

STEINER Ich sag's ja, wir brauchen eine neue Regierung.

Reger Das wird dort nicht gesagt. Auch sie erzählen mir stundenlang, was alles schief- und auf ein kriegführendes Deutschland hinauslaufe. Was sie nicht aussprechen, aber immerzu ansprechen, das ist eine Vorstellung von antirassistischen Sondergesetzen. Das Parlament hatte in diesen Kreisen noch nie einen besonderen Ruf. Vergleichbar mit dem gedämpften Extremismus der Verdrossenen wird auch hier das beklagte Problem eher ver- als entschärft. Indem man das Aktuelle mit der deutschen Vergangenheit begründet, indem man politpoetisch stammelt »Wehret den Anfängen« oder »Der Schoß ist fruchtbar noch«, verschont man sich davon, die Gegenwart betrachten zu müssen. In diesen Kreisen redet man kurzerhand am liebsten von Nazis. Erklärungsmuster, die auf die NS-Zeit zurückgreifen, sind in sich selber begrenzt. Weder vermehrte Aufklärung über die NS-Zeit, noch die »Aufarbeitung«, noch der Antifaschismus (die drei Lieblingswaffen in diesen Kreisen) sagen etwas zum aktuellen Rechtsextremismus, geschweige daß sie ihn begrenzten.

Steiner Verdrossene und Linke beschreiben die Lage als hochbedrohlich, um somit glaubwürdig zu extremen Lösungen zu kommen?

Reger Zu Rechtsextremen ist es nun nur noch ein kurzer Schritt; die basteln bereits daran. Seit langem teilen Rechte und Linke sich die Leidenschaft des Antiamerikanismus. Überschneidungen gibt es in antiliberalen und radikalökologischen Ansätzen. Das Thema welcher Seite ist es, daß Deutsche deutsch sprechen?

Steiner Es sollte das Thema der Deutschen sein.

Reger Bei dem Schriftstellertreffen »Ein Tunnel über der Spree« 1993 waren es ausgewiesene Gesellschaftskritiker von links, die dem »Deutschland den Deutschen« der Rechten ein »Deutsch den Deutschen« hinzufügten. Ironischerweise monierte der Autor des Buches »Der tägliche Faschismus«, daß zu viele Wörter englischsprachiger Herkunft in die deutsche Alltagssprache Eingang gefunden hätten. Böse Zeichen sind für ihn, daß wir Ticket und Clip, Airport und Chip sagen anstelle entsprechender deutscher Wörter. Daß Alltagssprache und nicht etwa Wissenschaftssprache, also die eigene, kritisiert wurde, machte die selbstentlastende Funktion dieses Lamentierens deutlich. Anstatt Begriffsmutationen bei sich selbst zu suchen, finden sie sie bei »allen«, »im ganzen«, und warnen vor weiterer Überfremdung. Eine Position der Rechten.

Steiner Kulturpessimismus. Nicht ernst zu nehmen. Schlaffe Säcke.

Reger Die verbal engagiertesten Kritiker der Rechten sind von deren Denken meist nicht weit entfernt. Eine »braune Jauche« den Argumentationsgegenstand zu nennen, wie Wallraff es tut, ist eine Kapitulation. Die vielfältigen Fragwürdigkeiten, auch Unübersichtlichkeit genannt, werden aufgelöst in Fraglosigkeit, also zu einer Antwort, und schon scheinen Werte auf am Horizont. Unterstellt wird, das Problem sei gelöst, wenn die »braune Jauche« »ausgetrocknet« sei.

Steiner Andere unterstellen, die Probleme würden gelöst, wenn gegen »die Roten«, »die Ausländer«, »die Politiker« (vornehmer: »die politische Klasse«), »die Medien« angegangen würde. Andere beschreiben »die Amerikanisierung« oder »die Warenflut« als Sündenböcke und verfallen dem schönen Schein der einfachen Lösungen – in dem Moment, da man die Welt nicht mehr versteht ... Weiter! Der Chor der Unzufriedenen wird durch jene Klagen diffuser und fester zugleich, die in Ostdeutschland angestimmt werden. Manchmal wird vergessen, daß Millionen DDR-Bürger das Ende ihres Staates nicht gewollt haben. Sie sind – mitsamt ihren goldenen Wünschen – in Zugzwang gebracht worden von diesen jungen Familien mit Kleinkindern auf Septemberurlaub in Ungarn, die nicht in die DDR zurück wollten, ihre Regierung in einem entscheidungsschwachen Moment erwischten, somit in die Tagesschau und über Österreich in die BRD kamen. Sieben Wochen später gab es keine Mauer mehr.

Reger Gleich danach waren im Noch-DDR-Fernsehen, das erstmals nicht zensiert wurde, Texte zu hören, die dieser unentschiedenen Lage gemäß den Vielleicht-bald-Kapitalismus abwogen gegen den Eben-noch-Sozialismus. Dabei vermied man es, eigene kulturelle Errungenschaften gegen den Einfall der Zivilisation aufzurechnen und einen Verlust zu beklagen. Doch schnell trainiert und gleich gekonnt waren Vokabeln der »Leistungsgesellschaft«, wie im Westen lange schon niemand mehr sagte. Monatelang unter den Top Ten: »Ellbogen«. Das »Hast-du-was-bist-du-was« der Fünfziger war wiederzuhören – logisch nicht positiv, auch nicht als Ironie, sondern als Warnung und Bereits-an-die-Stirn-Tippen, angesichts des Wegs, den man nun gehen muß. Höre ich 1993 *Radio Brandenburg*, so höre ich Gesellschaftskritik rund um die Uhr. Selbst wenn irgendein Schlager aus den Seventies anzusagen ist, wird festgestellt, der Kanzler habe zuviel versprochen. Ich will hören, wie Menschen im Osten ihre

Probleme benennen; bin sicher, daß sie nicht lügen. Und mache mich lustig über ein angestacheltes, an anderen herumstichelndes Reden. Ich höre die Gesellschaftskritik und ihre Hilflosigkeit in einem. Warum klingen diese Töne, ungeachtet ihrer Berechtigung, meist übertrieben und hilflos? Wer ist »man« oder »sie«, die nicht fähig sind, die Probleme zu lösen?

Steiner Als die Mauer weg war und ich Westler nörgeln hörte, war mir klar, daß die Öffnung eines Gefängnisses die, die drin waren, mehr erfreut als die, die draußen sind. Oft, wenn ich Ostler heute nörgeln höre, fallen mir Männer in Gefängnissen ein. Jene, die nicht mehr hinauswollen. Sie haben ihr Versorgungssystem gefunden. Sobald sie draußen sind, tun sie Dinge, die sie wieder reinbringen. Sie bevorzugen die autoritäre Wohlfahrt und entziehen sich dem Wirrwarr der Einzelinteressen. Die, die die Schlüssel besitzen, regeln, was man tun und lassen muß; im Gegenzug wird man von morgens bis abends versorgt. Abgabe der Bürgerrechte gegen kostenlose Betreuung. So die Rechnung dieser Männer in Gefängnissen.

Reger Sowie jener, die nach dem autoritären Wohlfahrtsstaat rufen. DDR-Bürger haben gelernt, daß Wohl und Übel vom Staat ausgingen und das Zusammenleben der Gesellschaftsglieder dirigiert und kontrolliert wurde. In dieser Tradition richtet sich der jetzige Impuls »Gesellschaftskritik« wiederum gegen den Staat.

STEINER Ist es dessen Angelegenheit, Menschen zufrieden zu machen?

REGER Mich erinnert dieses gewisse Nörgeln von heute an das ehemalige Wohnzimmerfluchen auf die SED, obwohl man sich unter ihr doch auch eingerichtet hatte. Von der SED-Wohlfahrt zu profitieren und zu Hause gegen die SED zu wettern, entspricht dem jetzigen Profitieren vom Anschluß an Bürgerrechte und Weltwirtschaft bei gleichzeitiger Verdammung der Grundlagen dieser Stufe der Zivilisation. Die gräßlichste aller gräßlichen Erfahrungen, so höre ich, ist es, den autoritären Wohlfahrtsstaat verloren zu haben. Der wird nichts mehr regeln. Das ist die Klage. Manche haben es von Anfang an gewußt und bereits trainiert, doch zum Breitensport wurde Gesellschafts- (besser: Zivilisations-)Kritik in Ostdeutschland erst, als Betriebe geschlossen wurden und die Preise stiegen. Seitdem werden angebliche Errungenschaften der DDR, die nun verloren seien, laut zurückgewünscht. Das Wort »Leseland« taucht wieder auf. Ach, es war so schön, in Mauern. Nun, so der Sound aus Ostdeutschland, sei die Identität dahin. *So-geht-es-nicht-weiter!*

STEINER Weiter so!

REGER Hier wird die Sprache der neuen Rechten gesprochen. Auch sie will Deutschland vor einer Überfremdung durch die Warenflut internationaler und die Gehirnwäsche amerikanisierter Art beschützen. Auch sie setzt auf *Kultur*, nämlich die hiesige, die deutsche, im Gegensatz zur weltweit vernetzten *Zivilisationszumutung*. Auch sie bewertet *Gemeinschaft* höher als *Gesellschaft*. Auch sie votiert für Gemeinschaft unter Autorität im Gegensatz zur vielstimmigen Gesellschaft, die sich über Mehrheiten einigt. Die ostdeutschen Zivilisationskritiker reden der neuen Rechten mit ihrer Klage über die Abwicklung einer Kultur und die Kolonisierung durch eine Zivilisation nach dem Mund. In vorderster Reihe, auf – der neuen Rechten entsprechendem – höherem Niveau, auch DDR-Schriftsteller. »An jeder Tankstelle die Siegesbanner der Ölkonzerne, in jedem Dorf statt der gewohnten Schreibwaren McPaper & Co. Im Meer der Überfremdung ist Deutschsein die letzte Illusion von Identität, die letzte Insel.« Soweit Heiner Müller.[1] Volker Braun erklärt in dem Text »Die Leute von Hoywoy (2)«, wozu die Kolonisierten verständlicherweise in der Lage sind. Es geht um Hoyerswerda: »Man war mit

1 FR, 30. 9. 1992.

ihnen umgesprungen, wie kein Polier, kein Polizist es einst gewagt hatte. Es war etwas hereingebrochen, eine namenlose, eine Naturgewalt, die das Gelände entseelte und die Betriebe verödete ... Zersiebt, zerstreut, entlassen; außer Kraft gesetzt ihr Leben ... Sie konnten, sie mußten wünschen, nicht die Letzten zu sein im Staat, nicht die Allerletzten. Nun schlugen sie zu.«[1]

STEINER Interessant die Häufung von »letzte«, »letzten«, »Allerletzten«.

REGER Der eine setzt *Identität Deutschsein* vor *Überfremdung*. Der andere setzt *Gewalt* vor *Diskurs.*

STEINER Na, da muß man doch mal mit aller Wucht dagegenhauen!

REGER Genau!

STEINER Von Politikmüden und -verdrossenen fühlen Sie sich systemüberdrüssig angequatscht. Antirassisten, Antinationalisten, Linke drängen sich gesellschafts- und kulturkritisch auf. Ostdeutsche rufen zivilisationskritisch nach Nischen. So?

1 Zitiert nach: Richard Herzinger, »Die obskuren Inseln der kultivierten Gemeinschaft«, DIE ZEIT, 4. 6. 1993.

REGER Ja. Wiederaufbereitet und aktualisiert wird jenes *So-geht-es-nicht-weiter*, die Sorge »ums Ganze«, diese öffentliche Verzweiflungsdarstellung.

STEINER Der Chor der Unzufriedenen gibt den jungen Menschen, die angeblich orientierungslos sind und keine Werte mehr kennen, eine dauerhafte Orientierung über das Ausmaß des Kulturschocks, unter dem die Älteren leiden.

REGER Das findet der kaum mehr klammheimlich applaudierende junge Sympathisant der Rechten heute genauso scharf wie der Sympathisant von damals, als die Verkörperung und die Phantasie des Bösen RAF hieß und der Staat auf jeden Anschlag hin sich wochenlang selbst inszenierte. Auch die von heute können sich darauf verlassen, daß nach einer Tat die Fernsehprogramme verändert werden, damit die Bekenntnisprosa der Verantwortlichen verlesen wird, und daß Staatsakte organisiert werden, Live-Übertragung inklusive. Eine weitere Gruppe, die auch radikale Änderungen anstrebt, spricht kaum: Rechte, Nationalisten, Rassisten. Sie befinden sich unter uns allen, und doch wie im Versteck. Kein Wunder, daß es heute schwerfällt, sie zu akzeptieren als welche von heute. Nach dem Krieg stand die Rechte für Altes; jahrzehntelang bestand sie aus alten Männern. Die Liberalisierung der westdeutschen Gesellschaft schien sie in den siebziger Jahren weggefegt zu haben. Pathologen wie der Wehrsportgruppenführer Hoffmann erregten eher exotisches als politisches Interesse. Abgesehen vom rechten Flügel der CDU, der CSU, abgesehen von dafür bekannten Zeitungen, waren Rechte nie Teil öffentlicher Debatten, und bis Anfang der Achtziger nicht Teil einer Mode. Von der *neuen* Rechten läßt sich seit Anfang der Achtziger sprechen. Der damalige Regierungswechsel in Bonn, die Versprechung einer »geistig-moralischen Wende« kündigten eine sich von den Siebzigern grundlegend unterscheidende politische Phase an. Das Projekt »Mehr Demokratie wagen« war beendet. Der Teilerfolg einer nicht mehr sozialdemokratischen Regierung und die Enttäuschung darüber, daß Kohl keine rechtsradikale Politik machte, mobilisierte die rechte Szene. Diese Verfechter von Idealen, die die Moderne überwunden zu haben schien (Gemeinschaft, Nation, kulturelle Identität), gründeten Zeitschriften und schufen Diskussionsforen mit dem Ziel, während der Auflösung politischer Identitätsstiftung in der Gesellschaft eine gegenmoderne Alternative zu entwickeln, die zur Handlungsanweisung werden würde, wenn die Kraft des Systems sich gegen sich selbst kehrte und neuer Definitionsbedarf danach entstünde, was das Politische ist. Um »Nation« und »kulturelle Identität« zu verteidigen, fließt in Europa wieder Blut wie lange nicht.

STEINER Rechtsradikale, die ich kenne oder in letzter Zeit kennengelernt habe, versuchen nicht, mich zu missionieren oder von etwas zu überzeugen. Die schlüssige Beweisführung, sofern es sich nicht um Einzelfälle handelt, ist nicht ihre Sache. Für viele gehört das Reden überhaupt nicht zur Meinung. Reden tun die anderen.

REGER Selbst wo es offensichtlich ist, bei rechtsradikalen Skinheads, wurden, während der ersten Treffen, politische Motive als dritt- bis viertrangig hingestellt. Später hieß es, für politische Einflüsse seien Gruppen aus anderen Orten verantwortlich. Anders, nachdem ich diese Skins mehrmals getroffen hatte. Kopfnicken, als ich sagte, logisch seien sie Rechte. Kopfnicken und Grinsen. Eben: Reden tun die anderen. Man spielt sich nicht damit auf, daß man rechts ist. Man ist es. Auch bei Diskussionen in Schulen sprachen Rechte zuletzt. Ich war nicht mehr willens, mich nur mit den Voraufgeklärten zu unterhalten, und sagte in die Aula hinein, daß ich wünschte, auch Rechte würden hier reden. Später, um dranzubleiben, fragte ich, wer Freunde hätte, die Freunde hätten, die Leute kennen, über die wir sprechen. Einige meldeten sich. Das Eis war gebrochen. Bald machten zwei stille Schüler konservative Lösungsvorschläge des »Ausländerproblems«, wobei sie von »Identität« sprachen. Jemand antwortete. Jemand setzte nach. Einer vermittelte.

STEINER Warum nicht?

REGER Eben. Rechte sprechen nicht, mit Rechten wird nicht gesprochen. Ihre politischen Feinde meinen, bereits Diskussionen mit Rechtsradikalen seien gefährlich. Mir scheint das Schweigen dieser Opposition (die Kehrseite des Redestroms der anderen) gefährlicher zu sein.

STEINER Redestrom ist ein gutes Wort. Wenn ich mal fragen darf: Was ist die Gefahr? Was ist brisant? Doch nicht, daß geredet und geschwiegen wird. Doch nicht, daß gemeckert und geschimpft wird. Gesellschaftskritik ist ein Teil der Alltagsroutine, ist Bestandteil der mentalen Verfassung, eine Art zu reden, sich darzustellen. Man ist ja nicht dumm, man weiß, was vorgeht, man läßt sich kein X für ein U vormachen. Daß es so nicht weitergehen könne, höre auch ich, zum Beispiel von den Mietern. Den Patienten. Den Landwirten. Den Taxifahrern. Den Nichtrauchern! In Ballungsgebieten sind Autofahrer und Nichtautofahrer einig, daß es so nicht weitergehe. Die einen fordern Straßenausbau, die anderen den Ausbau des öffentlichen Personennahverkehrs. Die Themen liegen auf den Straßen. Eine aktuelle Umgebung genügt. Überall ist der Widerhaken, das noch nicht Verbesserte, von diesen Spürnasen sogleich zu erkennen. So kann man dauerhaft erleben, daß Fluggäste der Lufthansa auf die Lufthansa, daß Reisende der Bundesbahn auf die Bundesbahn schimpfen. Der kleinste Anlaß genügt, eine zehnminütige Verspätung, ein zu voller oder zu leerer Zug, ein überfüllter Papierkorb, ein defektes Klo. Das *So-nicht!* ist zur primären Betrachtungsweise der Realitäten geworden.

REGER Brisant ist, daß Begriffe der Unzufriedenen sich häufig mit Begriffen der neuen Rechten dekken, egal, welcher politischen Richtung die Unzufriedenen sich sonst zugehörig sehen. Die meisten haben nicht *eine* (politische) Haltung, sondern in verschiedenen Situationen verschiedene. Brisant wäre, wenn diese Unzufriedenheit von einer Partei für Unzufriedene zusammengeführt würde in einem Projekt der Zuversicht.

STEINER Brisant wäre, wenn es ein überzeugendes wirtschaftspolitisches Programm gäbe. Aber das sehe ich nicht, nicht mal im Ansatz. Wo ist die Gefahr?

Reger Im noch unscheinbaren, aber hörbar gewordenen Einklang der verschiedensten Stimmen, die sich im radikalen Umräumen einig sind. Auch in der Unlust, sich mit Rechten und ihrer Unzufriedenheit zu befassen.

Steiner Sich einer Übermacht ausgeliefert zu sehen, die rational nicht zu benennen ist – das beflügelt Verschwörungsphantasien: Andere, Fremde, haben sich hinter meinem Rücken geeinigt auf etwas, unter dem ich leide. Die Sucht zu leiden und eine ins Erklärungsvakuum abgeschobene geheimnisvolle Ursache garantieren die Dauerspannung.

Reger Ich reise rum und höre zu. Das ist alles. Ein Teil meines Berufs. Davon spreche ich. Neulich in Bremen bei einer öffentlichen Veranstaltung über Rechtsextremismus, in einer Runde von fünfzehn Jusos, wo jeder jeden kannte, aber niemand mich, kam die unweigerliche Frage, wer ich sei. Ich sagte, ich käme aus Berlin-Lichtenberg und wollte hören, was die Bremer über Rechte sagten. Nein, das wünschte ich hinterher. Ich nannte meinen Namen, manche kannten ihn, und die drückende Angststille, ein Rechter befinde sich dort, wo man über Rechte sprach, war verflogen. Ja, es gibt die Unzufriedenen und die Rechten, und es gibt die, die ihre Bildung nicht dafür benutzen, diese Gruppen zu verstehen, sondern sich von diesen Gruppen zu unterscheiden. Noch bevor Informationen durch Wahrnehmung zu solchen werden können, kommt ein kultureller Bruch zum Tragen: Offenbar sind die Welten einer Jugend der Körperlichkeit und Älterer, die Bleistifte und Reden halten, unvereinbar. Die Intelligenz traut sich nicht zur protestierenden Jugend hin und redet nicht mir ihr. Folge: Wissenschaftler, die dafür bezahlt werden, Subkulturen zu erforschen, haben so gut wie keine Ahnung von Skinheads. Folge: Es gibt kaum Literatur über diese Jugendsubkultur, die die Mindestleistung zustande bringt, vor dem Urteilen hinzuschauen. Also müssen andere diese Arbeit machen. Autoren, die sich mit Skinheads beschäftigt haben, ohne sie denunzieren zu wollen, haben nicht die Adresse einer Universität Soundso. Die Feigheit der zuständigen Sozialwissenschaft und die Geilheit der Popularmedien sorgen dafür, daß das Lieblingsthema Skinheads nicht durch Informationen unbeliebt wird.

STEINER Vergangenen Sommer war in Berliner Zeitungen zu lesen, Skins hätten einem Polen die Zunge abgeschnitten. Eine Mutter behauptete, Skins hätten ihr Kind entführt. Weder schnitten Skins einem die Zunge ab, noch entführten sie ein Kind.

Reger Skinheads sind zu unbekannten Wesen geworden, auf die ein gesunder Menschenverstand seine Projektionen wirft, die sich mit den Projektionen anderer ebenso gesunder Menschenverstände decken. Es ist bequemer, *über* andere zu sprechen als *mit* ihnen. Diese Leerstelle wird, argumentativ wie physisch, gefüllt mit Phantasien des Bösen, von denen das Gerede über Jugend, Gewalt und Rechtsextremismus meistens beherrscht wird.

Steiner Allerdings: Je höher die Diskussionstemperatur, desto beliebiger die Themen. Neulich, als ein Wortgefecht in der dritten Umdrehung des eigenen Kreises war, kam zur Sprache (ich vermute, aus Müdigkeit), worum es den Menschen wirklich ging: Angst vor einer neuen Zeit. Furcht, ihr nicht gewachsen zu sein. Das Gefühl, die neue Zeit nicht mehr zu verstehen. Angst vor Bundeswehrsoldaten, die freitags und sonntags in den Bundesbahnzügen trinken und brüllen. Angst, nachts allein durch die Stadt zu gehen (ungeübt darin, nicht mehr Jugend zu sein, dachte ich).

Reger Zuweilen, besonders nach rassistischen Anschlägen, ist eine Diskutiersucht erkennbar. Sie wird befriedigt durch Phantasien, wie man dem unbekannten Wesen entgegentritt. Also ist jene rechte Partei, die den Kampf um Mehrheiten aufgenommen und ihre extremistischen Kanten dabei offenbar abgeschliffen hat, die Republikaner, kaum mehr ein Diskussionsgegenstand, der die Sucht befriedigt. Hier hat man es nicht mit unbekannten Wesen zu tun, sondern mit Leuten, die sich bekannt und wählbar machen wollen. Was die Diskutiersüchtigen anheizt, ist jener Teil der Rechten, der nicht spricht. Und immerzu reden gute Menschen, die zusammenkommen, über böse Menschen. Das Ergebnis ist eine heile Welt. Allerdings eine mit Kopfschmerzen. Denn durchaus spüren viele nach solchen Diskussionen, daß sie unbefriedigter sind als vorher. Wie Sie sagten. Da das Thema aber *wichtig* ist, wie es immer heißt, sehen sie sich im nächsten Gedanken geradezu gezwungen weiterzudiskutieren. Wie gehe ich gegen das Böse an, ist die immer wiederkehrende religiöse Frage. So gut wie nie wird besprochen, welche Erfahrung man überhaupt mit dem Bösen gemacht habe. Es spricht ja keiner von sich. Daß man selber inmitten des Bösen lebt, daß es mit einem selber zu tun hat, sogar in einem jeden drin ist, das kommt nicht zur Sprache. Das wäre beunruhigend. Man diskutiert doch nicht, um sich zu beunruhigen! Man müßte an sich selber feststellen, daß der Rechtsextremismus aus der Mitte kommt. Ja, von einem selbst. Das Motiv der Diskutiererei ist die Schuldsuche außerhalb seiner selbst, die Delegierung von Schuld sowie der damit erfahrene Selbstfreispruch. Viel Spaß scheint es auch zu bereiten, über Erziehungsfragen zu diskutieren, so lange, bis wieder Häuser brennen.

STEINER Jeder produziert seine Jugend, egal wie er denkt, daß man erziehen müsse. Man kann nicht folgerichtig erziehen. Man weiß nicht, was entstehen wird. Hätten die Nazieltern gewußt, es würde ein 1968 geben, dann hätten sie die Nachkriegsjugendlichen vielleicht anders zu erziehen versucht – und kaum was anderes erreicht.

REGER Heute sind »Antiautoritäre« zu hören, die wünschten, sie hätten die Kids so erzogen, daß sie nicht Ausländer verfolgen.[1]

STEINER Dies insinuiert, daß man sie hätte richtig erziehen können. Wären irgendwelche »Erziehungsziele« erreicht worden – gäbe es dann *keinen* Rechtsextremismus? Gab es einen Erziehungsweg, der zum Ziel geführt hätte, wenn er nur angewandt worden wäre? Und zu welchem Ziel? Zu dem einer *antifaschistischen Jugend*?

REGER Nachträgliche Kausalitätsspekulationen empfinde ich als Zumutung. Den Begriff Erziehung

1 Claus Leggewie, »Plädoyer eines Antiautoritären für Autorität«, DIE ZEIT, 5.3.1993.

in dieser Situation einzubringen, ist obszön. Und erstaunlich, daß »Antiautoritäre« so tun, als wäre nichts gewesen. Als das heute als beifallklatschender Mob verachtete Proletariat umschwärmt und zum entscheidenden Faktor der Weltgeschichte stilisiert wurde, als man an die Stelle von Erziehung höchstens die Regulierung von Sozialisationsprozessen setzen zu können meinte, handelte man als Nachkriegsgeborener doch in einer Tradition, die selber schon Teil dessen war, wie die Deutschen sich nach dem Krieg selbst erzogen.

STEINER Ich höre noch einige unverbesserliche Alte von damals mosern, die Erziehung hätte versagt und den Jugendlichen ginge es zu gut. Diese Haltung tut so, als hätten Erzieher eine Wahl, als seien sie – hierzulande – nicht selber schon Falscherzogene. Erziehung geht aus von den Fiktionen der Erzieher. Sie wollen, daß ihre guten Vorstellungen, als Absichtserklärungen weitergegeben, von einem anderen Menschen zu dessen Lebenswirklichkeit gemacht werden. Ein Projekt von Hörigkeit. Ein junger Mensch soll sein Leben hergeben, weil ein paar Ältere sich in den Kopf gesetzt haben, wie er zu werden habe. Man gibt sein Leben nicht her! Man läßt sich seine Zukunft von Älteren, die diese Zukunft gar nicht mehr haben und also auch nicht verspüren können, nicht vorschreiben.

Reger Beklagt wird, daß diese Verhaltensvorschriften gescheitert seien.

Steiner Ein Glück!

Reger Obszön ist die Schweranalyse der Erziehung vor dem Hintergrund der Einflüsse, denen der junge Mensch, zwischen etwaigen Erziehungszielen, ausgesetzt wird. Die sogenannte Erziehung ist doch längst nicht mehr das, was Eltern und Erzieher mit ihren Kindern veranstalten. Erziehung ist auch, was dem jungen Menschen, wenn er nur einmal durch die Stadt geht, eingesagt wird.

Steiner Erziehung ist, was den Kindern vorgelebt wird. Weit verbreitet ist diese Haltung: Öffentlich den Weltverbesserer spielen und privat die Sau rauslassen. Das durchschauen die Kids. Lächerlich finden sie Lehrer, die nicht wagen, Grenzen zu ziehen.

Reger Einen der schwachen Lehrer, der sich nun hinstellen und sagen würde, man brauche wieder Autorität, würden sie für einen noch größeren Schwätzer halten als ohnehin schon. Der Schlaffi, der von Stärke spricht, zeigt nur eine neue Variante seiner Schlaffheit (ähnlich dem Fixer, der vom Aufhören spricht). Wäre er wirklich einmal stark, ohne davon zu quatschen, dann würden die Schüler ins Grübeln kommen. So aber haben sie Grund, heftig zu lachen.

Steiner Erziehung ist nicht positiv. Sie ist ein Zwangsunternehmen zur Transplantation eigener Vorstellungen in fremde Körper, ohne Prüfung, ob die eigenen Vorstellungen überhaupt den Körpern, die sie leben sollen, entsprechen.

Reger Natürlich habe ich mir als junger Mensch verbeten, vorgeschrieben zu bekommen, wie ich zu werden hätte. Und sagte ein Nahestehender, wie ich zu werden hätte, dann hörte ich da heraus, wie ich *nicht* werden sollte – und das interessierte mich viel mehr als das Anständigkeitsziel, das sie mit mir erstrebten. Für wen? Doch für sich selber!

Steiner Erziehung *muß* scheitern. Jeder junge Mensch, dem die Zukunft gehört, hat einen Teil, den er behütet, der sich nicht erziehen läßt. Er gehört ganz allein dem Zukunftsmenschen, der man ja selber, über ihn redend, nicht mehr ist.

Reger Die Erziehung soll also gescheitert sein. *So-geht-es-nicht-weiter!* Woran stellen die sprechenden Münder fest, daß dem so ist? Wie aus der Pistole geschossen kommt an dieser Stelle von irgend jemandem in der Runde der passende, abendfüllende Begriff: »Gewaltbereitschaft Jugendlicher.«

STEINER Dies ist Thema derer, die unter einem Kulturschock stehen. Dabei ist immer interessant, wie die Geschockten auf die reagieren, die frech sind.

REGER Eine der Reaktionen ist eine Art Wertedebatte, also das unaufhörliche Nachfragen, ob es noch Werte gebe, und wenn ja, welche nicht mehr.

STEINER Die Leute, die über den Verlust von Werten jammern, haben immer recht: Da es Werte gibt und diese Jammerer also nicht sogleich erschlagen werden, wenn sie wieder anfangen loszujammern, können sie immer hübsch weiterlamentieren, wie schlimm es sei.

REGER Die Jungen, so heißt es (wieder einmal), respektieren nicht die Werte. Sie spielen foul, sie treten nach. Wir, so die Jammerer, waren längst nicht so brutal wie ihr; bei uns gab es noch ein Wissen von dem Punkt, an dem man nicht mehr nachtritt; heute geht es ja erst los, wenn einer wehrlos am Boden liegt; also schlagt euch so, wie wir uns geschlagen haben; lebt unsere Leben, nicht eure, eure sind zu gefährlich! ...

STEINER Erst der Hochmut, dann der Fall.

REGER Aus Großbritannien wurde ein Mordfall unter Schülern gemeldet, der umstandslos in die hiesige Diskutiererei einfloß. Ein hochbeliebtes Thema bei denen, die sprechen. Eigenanteil gleich null, daher in fast jeder Lebenslage anwendbar. Funktioniert besser ohne Jugendliche.

STEINER Wer redet denn schweranalysemäßig? Die Mittelklasse. Die neue Bourgeoisie.

REGER Je distinguierter das Publikum bei meinen Veranstaltungen, desto größer die Bereitschaft, über Jugendlichengewalt zu plaudern. Konkrete Beispiele der Gewalt, die eigenen Kinder betreffend, konnten mir gegenüber nicht erwähnt werden, da ausgerechnet immer an der Schule, an der die eigenen Kinder waren, die angeprangerten Vorkommnisse fehlten.

STEINER Was ist *Gewaltbereitschaft*? Seinen Lehrer zu ermorden oder zurückzuschlagen, wenn man angegriffen wird? Schaut man dieses Wort an, müßte einem dämmern, daß Gewaltbereitschaft genauso ein Überlebensinstrument ist wie etwa Friedensliebe. Dies ist eines der Themen, bei denen man einen Überlebensschrei der Mittelklasse, vielleicht auch nur eine Abgrenzungspanik, hören kann – jener Mittelschicht, die bei der zweiten Flasche Wein zu schwärmen beginnt von dem Kulturschock, den sie den Alten fünfundzwanzig Jahre früher versetzt hat. Die Mittelklasse ist empfänglich für Themen, die ihren Lebensbereich kaum streifen, aus denen sich aber moralisch tief begründete Anweisungen ableiten lassen – die dann jenen gelten, die mit den Problemen in ihrer Lebenswirklichkeit konfrontiert sind: der Unterschicht. Gewalt Jugendlicher, Gewalt in der Ehe, Gewalt am Arbeitsplatz, dies alles nun noch mit dem Vorzeichen »sexuell«, und wir werden die ungebändigten Triebe schon in den Griff bekommen …

REGER An dieser Stelle kommt der kundige Konsument aktueller Themen auf *die Medien* zu sprechen. Vermutet wird ein ursächlicher Zusammenhang zwischen der Gewalt Jugendlicher und den Gewaltdarstellungen, die im Fernsehen gezeigt werden.

STEINER Konservative betonen gern, die antiautoritäre Erziehung habe versagt. Linke haben im amerikanisierten Fernsehen einen der Schuldigen gefunden. Da es sich jeweils um den politischen Gegner handelt, kann man sicher sein, daß beide unrecht haben.

Reger Gewalt Jugendlicher anzuprangern, bevor man über die eigene Gewalt nachdenkt – das ist Gewalt! Es sind keine Außerirdischen, die eingeflogen sind und alles durcheinanderbringen. Es sind unsere Kinder, damals wie heute.

Steiner 1968 mußte die protestierende Jugend sich anhören, sie wisse nicht, wovon sie rede, denn sie kenne den Kommunismus nicht. 1993 müssen protestierende Jugendliche sich anhören, sie wissen nicht, wovon sie reden, denn sie kennen den Nationalsozialismus nicht. Daß beide Generationen Erwachsener einen Kultur- und Werteschock zu verarbeiten hatten, zeigen die gleichzeitig geäußerten Übertreibungen, man hätte es mit Kommunisten, fünfundzwanzig Jahre später, man hätte es mit Nazis zu tun. Und doch gibt es Unterschiede. Zum Beispiel diesen: Fragte man vor fünfundzwanzig Jahren einen konservativen Politiker oder Universitätsprofessor, ob er denn mit den protestierenden Jugendlichen rede, dann wies der Befragte stolz darauf hin, daß er sich im Dialog mit der Jugend befinde, daß er sich um deren Argumente kümmere. Das gehörte zum Ehrenkodex eines Rechten, der nicht völlig verbohrt erscheinen wollte. 1993 werden Ministerpräsident Schröder (Niedersachsen) und Minister Fischer (Hessen) gefragt, ob sie mit rechtsradikalen Jugendlichen geredet hätten.

Die beiden die Mitte Repräsentierenden reagieren anders als die früher die Mitte Repräsentierenden. Joschka Fischer antwortet in der Vergangenheitsform. Früher hätte man mit denen nicht gesprochen, sagt er. Man hätte mit ihnen zu tun gehabt, aber man hätte nicht mit ihnen diskutiert. Gerhard Schröder antwortet so: Bei ihm im Dorf gebe es Leute, von denen man denke, daß sie auch mal mitmarschieren würden, man wisse es aber nicht. Er habe keine Diskussionserfahrungen mit Rechtsextremen. Zudem lehne er es ab, »künstlich«, wie er sagt, eine Diskussion mit Rechten »zu erzeugen«. Warum? *Die* wären ja nicht interessiert an einer Diskussion ... Deprimierend, nicht wahr?

REGER Nein.

STEINER Nicht deprimierend?

REGER Überhaupt nicht.

STEINER Wieso?

REGER Glücklicherweise gibt es Menschen, für die Politik kein Mittel der emotionalen Selbstreinigung ist. Sie sind vom Thema des Tages nicht erhitzter als von den hektischen Antwortversuchen drumherum. Wenn sie gefragt werden, halten sie den hier

Erwähnten entgegen, die Lage sei längst nicht so dramatisch wie beschworen. Sie erscheinen inmitten des Hühnerhaufens der *So-geht-es-nicht-weiter*-Propheten mehr und mehr als »Gesellschaftsbuddhisten«. Nahezu schweigend, lebt dieser Typus vor, wie zu reden sei. Ideologische Verhakelungen in Form von einschnappenden Reflexen und seitenverkehrten Schuldzuweisungen unterlaufen ihm selten. Politik ist für ihn Politik, nicht Religion noch der Weg, glücklich zu werden, sondern etwas Notwendiges bis Lästiges, das Phantasie verlangt und Nüchternheit zugleich, wie jedes Handwerk – so es gut gemacht wird. Dieser Typus sieht einerseits aus wie der ruhende Pol. Anderen erscheint er als gleichgültig. Er zieht Zorn auf sich, da er weder ja noch nein, eher »Weiter so!« sagt, und macht sich den Gesellschafts-, System- und Zivilisationskritikern als Konservativer verdächtig. Das stört diesen Typus aber gar nicht, er läßt solche Angriffe buddhistisch über sich ergehen und verpuffen, indem er sie durch Reaktionen nicht hochspielt.

Steiner Ja, das gefällt mir. Sie sprechen von sich?

Reger Das finde ich nun doch zu höflich. Wenn ich das so sagen darf: Ich versuche, von Ihnen zu sprechen!

STEINER Ach!

REGER Dieser Typus scheint sich nicht mehr abzuarbeiten an den Themen der Zeit, er leidet nicht mit, er sieht die Verschwörung nicht, die am Werke ist, er ruft nicht nach dem starken Mann. »Ist doch alles in Ordnung«, sagt er: »Die Jungen rebellieren gegen die Alten. Die Unzufriedenen wollen eine andere Politik. Andere Unzufriedene wollen es wieder anders. Was wollen wir mehr?« Für ihn sind viele der als schwere Verrohungen beschriebenen Vorkommnisse Ausdruck der Vitalität des Systems, Beleg, daß es funktioniert, daß es sich in immer ausdifferenzierteren Alternativen und Entscheidungen systematisch am Leben erhält. Der Demokrat als Buddhist oder der Demokrat, der nun wie ein Buddhist erscheint, rechnet die Vorbestimmtheit ein, die uns auch als soziale Wesen betrifft. Er sieht eine jede Generation mit ihren Themen sich an dem abarbeiten, was vor ihr war. Daß diese Arbeit geleistet wird, läßt ihn sagen, alles gehe seinen Weg, alle arbeiteten an der Fortentwicklung ihrer Wege und trügen die Konflikte aus. Worin die Konflikte bestehen, ist dem Buddhisten gleichgültig. Sie sind austauschbar.

STEINER Vorsicht!

Reger Das Gemeinsame ist das Vitale: daß es Konflikte gibt. Erst wenn sie ausblieben, würde der Gesellschaftsbuddhist aus der Ruhe kommen. Ich habe eine Frage.

Steiner Fragen Sie!

Reger Wenn es allerorten heißt, so gehe es nicht weiter, wie geht es dann weiter?

Steiner Wie es nicht weitergeht – genau so geht es weiter.

III

Well it's no game

David Bowie
1980

Neulich, als das Hakenkreuz keine Bedeutung hatte

Der Achtzigerjahrespaß und der Ernst der Neunziger

I Die Party

In den achtziger Jahren wurde der Satz von Andy Warhol Wirklichkeit, daß jeder ein Fernsehstar sein könne. Für wie lange? Da half David Bowie weiter. Er sang: *Dann sind wir Helden, für einen Tag.*

In den Achtzigern geschah jener Modernisierungsschub, der fast jedem Büroplatz einen Personalcomputer einbrachte. Es begann das Ausfragen von Prominenten und jedermann im Fernsehen. Kulturkritische Begleitschriften hatten Titel wie »Wir informieren uns zu Tode«. Es war die Dekade der Ablenkungen und des Spaßes. Gleichzeitig auch die der Tiefbetroffenheit, als man die Nachrüstung und den Atomkrieg in Westeuropa, auf deutschem Boden gar, zu verhindern hatte. Doch eher als ein Jahrzehnt des Tiefgangs war es eines der Oberfläche. Selbst in manchen Berliner Bezirken wurde es wieder möglich, sich nicht mehr schlampig anzuziehen. Für Achtzigerjahrejugendliche waren persönlicher Spaß und Karriere höhere Werte als eine gesellschaftliche Veränderung. Es war die erste Generation, die nicht im Nachholkurs lernen mußte, wie ein Computer funktioniert, sondern die, wie ihre Eltern mit der Reiseschreibmaschine, mit diesem Gerät ihrer Zeit aufwuchs.

Manchmal gibt es Wiederholungen von Kriminalfilmen aus den Siebzigern. Ich sehe Männer mit weichlichen Zügen, mit notorisch halbbedeckten Ohren bei einer ansonsten natürlich tadellosen Frisur. Es herrscht das Ideal des Mitfühlens und der Verständigung, und starke Typen mit schnellen Entscheidungen sind nicht gefragt. Die meisten bewegen sich wie unter Valium. Ich erinnere Filme von Wim Wenders mit langen Einstellungen, in denen Männer, die es allein kaum schaffen zu leben, von Männerfreundschaft erzählen. Oder die gutgemeinten und damals populären Verständigungsfilme von Alain Tanner, allen voran »Jonas, der im Jahre 2000 25 Jahre alt sein wird«. Heute wissen wir, was für ein Typ das ist, der im Jahre 2000 25 Jahre alt sein wird.

Ende der Siebziger meinten ein paar junge Leute, die jahrelang in einer typischen Siebzigerkneipe gearbeitet hatten, eine Diskothek müsse in Zukunft anders aussehen. Der *Dschungel*, den sie 1978 eröffneten, war der erste Laden in der Stadt mit einem Türsteher. Wer dort mit Turnschuhen, Parka und Vollbart um Einlaß bat, bekam zur Antwort, das

Lokal sei voll. Die Gäste sollten das Gefühl haben, unter sich zu sein und nicht irgendwo. Die feinen Unterschiede begannen wichtig zu werden, und wer am Türsteher vorbeikam, verbrachte jede zweite Nacht dort. Im *Dschungel* wurde das Spiel mit den Zeichen inklusive ihrer Auflösung, das für die Achtziger typisch wurde, schon sehr früh durchgespielt. Ich wohnte so nah, daß ich nachts, nach getaner Arbeit, nur die Straßenseite zu wechseln hatte.

Die Siebziger waren das Identitäts- und Ich-Ich-Ich-Jahrzehnt. Gleich nach der Sechziger-Liebe für Kollektive entstanden, in der Literatur, die neue Subjektivität, die neue Innerlichkeit und eine Literatur der kriegsgeborenen, nun erwachsenen Töchter und Söhne über ihre Väter, weniger über die Mütter. Zu dieser Zeit entstanden auch die erwähnten Filme. Von der großen Utopie blieb die kleine der persönlichen Identitätsfindung. Ein riesiger Dienstleistungsmarkt entstand dafür, daß die Menschen das Gefühl bekamen, identisch mit sich selbst zu sein, wie das immer heißt und was es nicht gibt, denn wenn ich identisch mit mir selber bin, dann werde ich zum langweiligsten Menschen auf der Erde, ohne Risse und Kanten, ohne Wut auf dies und das, im Hier und Jetzt zu allem grinsend. Eine scheußliche Vorstellung.

Seit 1977 wurden diese Werte von den Kindern in Zweifel gezogen. Das krasse *No future!* der Punks wurde durch erhebliches Medienecho zum Beweis für eine angeblich resignierte Jugend erklärt. Dabei war in dem Symbol *No future!* der Wunsch erkennbar, anders über Zusammenleben und Zukunft zu sprechen, als die damaligen Wortführer es taten. Das sogenannte politische Denken, egal ob von rechts oder links, wurde von vielen Achtzigerjahrejugendlichen als Hauptübel angesehen; deshalb habe sich in der sozialdemokratisch regierten Gesellschaft nichts mehr bewegt außer den Konten von Gesellschaften, die die individuelle Selbstfindung verkauften. Irritierte Ältere nannten die ersten Erscheinungen der Achtziger höhnisch »Zeitgeist«. Sie sahen nur glitzernde Oberflächen und vermißten tiefere Werte. Jenen Jugendlichen, die der Chimäre von Selbstverwirklichung nicht nachjapsten, die nicht ihre gute Identität den schlechten Verhältnissen gegenüberstellten, um in einen Klageton zu verfallen, die sich nicht als bessere Menschen darstellen wollten, wurde ein paar Jahre lang mit der Zeitgeistkeule geantwortet.

In den Sechzigern wurde *Identität* von den Protestierenden gesellschaftlich begriffen und als Veränderung gedacht. In den Siebzigern wurde sie persönlich als Selbstverwirklichung verstanden. Achtzigerjahrejugendliche, die sich von Jugendlichen voriger Jahrzehnte unterschieden, hatten nicht das Ziel der *Identität*. Lieber orientierten sie sich an französischen Inspirationsphilosophen, die hundert Gründe nannten, warum das Subjekt vorbei und Geschichte sei. Mode wurden Simulationstheorien, in denen kein gesellschaftliches Subjekt mehr vorkam, sondern ferngesteuerte Steuerbürger, die sich anpassungssüchtig verhielten, ohne daß man es ihnen noch sagen mußte. Eine Maschine, die von selbst lief, wurde beschrieben. Gemeint war das, was in den Sechzigern und Siebzigern »Gesellschaft« hieß. Achtzigerjahrejugendliche machten den Begriff *Identität* und was mit ihm gemeint war lächerlich. Gleichzeitig entdeckten Rechte diesen Begriff als positive Metapher. Der angepaßte, sich ins Parlament schleimende Rechtsradikale oder der intellektuelle Rechte vermeiden Begriffe wie Nationalbewußtsein oder Nationalstolz. An diese Stellen wird das Wörtchen *Identität* gesetzt, zum Beispiel »kulturelle Identität«.

Die »neuen Farben« waren die des Narziß: schwarz und weiß. Schwarze Hemden, schwarze Hosen, Röcke, Fingernägel, schwarzer Lippenstift, schwarze Stiefel. Die Extremform dieser Farbenlosigkeitshörigkeit wurde der »Grufti«, der nichts Helles mehr sehen mochte. Und weiß! Die Lokale der Achtziger waren fünfhundert Watt heller. Verpönt alles Schummrige, und was ans Rotlichtmilieu erinnerte. Eine kleine Bar bestand nur aus weißen Kacheln, auch die Sitzgelegenheiten. Das waren Attacken auf die Gesundheitslatschengemütlichkeit der Siebziger. »Gefühl und Härte« hieß eine der Parolen jener Zeit – logischerweise wurde daraus eine Woche später »Gewühl und Hertie«.

Ein Achtzigerjahrejugendlicher spürte seine Überlegenheit, wenn Ältere ihn ernsthaft und nachdenklich fragten, warum das Licht so hell, warum die Kleidung so dunkel, die Atmosphäre kalt, der Ton so rauh. Das war ein Teil des Spiels, das die Eben-noch-Jugendlichen bereits nicht mehr verstanden. Der Achtzigerjahrejugendliche definierte seinen Raum durchs spielerische Unterlaufen der Wertvorstellungen der Nächstälteren. So wie es die Nächstälteren früher selber getan hatten. So wie es alle tun, die jung sind, nicht für voll genommen werden und durch irgendwelche Behauptungen es schaffen müssen, als eigenständig angesehen zu werden. Hinzu kam und kommt bis heute, daß Achtzigerjahrejugendliche Beifall von der *ersten Generation* kriegen: weil sie die *zweite Generation* in den Achtzigern so strapaziert haben, wie die *zweite* die *erste* in den Sechzigern strapazierte.

Die Verkörperung der optischen, ästhetischen und moralischen Provokation war der Punk. Er trug schwarze Klamotten, die oft dreckig waren. Er verdiente seinen Lebensunterhalt durchs Schnorren und behängte sich mit Naziemblemen wie zum Beispiel dem Hakenkreuz. Noch bevor die meisten erfuhren, was Punk ist, war sein Anführer, Sid Vicious, bereits tot. Auch er hantierte bei seinen Bühnenshows mit dem Hakenkreuz. Es war unentschieden, ob Punk rechts oder links war. Punk war eine noch undefinierte Härte, auch im Umgang mit politischen Zeichen und Symbolen.

Diese Unübersichtlichkeit wurde unter anderem damit beendet, daß Skinheads, jedenfalls White Skins, sich von den Punks trennten, die schwarze Kluft gegen die grüne Bomberjacke tauschten und offen rechtsextreme Thesen vertraten. 1981 gingen sie im Berliner *Metropol* auf Fans der Band »Specials« los. Diese Band war bei den Ska-liebenden Skins verhaßt, weil sie gemischtrassig zusammengesetzt war. Wochenlang prügelten sich Punks und Skins in Berlin-Schöneberg im Sommer 1981. Punks wurden von Sozialarbeitern umschwärmt, wurden Gegenstand von Untersuchungen über die neueste Jugendkultur. Um die Skinheads kümmerte sich niemand mehr recht, außer ein paar alten Herren aus rechtsextremen Parteien. Das sollte sich bald ändern. Es kamen jüngere. Jene, die Punks als Opfer der Gesellschaft hegten und pflegten, interessierte das nicht.

Das Spiel mit dem Hakenkreuz war eine Provokation der vorangehenden Generationen. Nächstältere beruhigten sich damit, daß sie den Punks das Benutzen der Embleme ausreden konnten. Aber sie lebten in den Achtzigern munter weiter. Einmal auf der Modeebene, als in den Achtzigern die Dreißiger und Vierziger ihre Revivals inklusive Musik und Klamotten hatten. Zum anderen in der Subkultur der Skinheads, die sich nun in Fußballstadien bemerkbar machten. Während wir einen wunderbaren Achtzigerjahrespaß hatten, entwickelten sich die Bedingungen für jenen Rechtsextremismus, den es heute gibt.

Für die einen war es Spiel, für die anderen war es Ernst. Eine für die Achtziger typische Situation. Viele dachten, Wirklichkeit sei eine Simulation von Wirklichkeit. Zur gleichen Zeit dachten in Ostberlin Gleichaltrige, mit der Staatssicherheit zu reden sei auch nur so ein Informationsspiel. Man könne den Apparat ruhig füttern; um so behäbiger würde er werden. Von heute aus gesehen, wurde in den Achtzigern ein Pulverfaß gefüllt, das in den Neunzigern nun hochgeht.

Der Achtzigerjahrejugendliche gab sich unpolitisch, auch wenn er mit politischen Symbolen hantierte. Die Symbole wurden ihrer Inhalte beraubt und als Zeichen verstanden. Der Vorsprung dessen, der weiß, daß es Spiel ist, während die anderen reagieren, als sei es Ernst, war ein typischer Vorsprung des Achtzigerjahrejugendlichen gegenüber Älteren. Die sagten: »Das ist ja ein Hakenkreuz!« Jüngere daraufhin: »Das ist nur ein Hakenkreuz, nein, es steht nur für ein Hakenkreuz; ein frei verfügbares Zeichen, wer es ernst nimmt, ist selber schuld.« Ältere daraufhin: »Das ist wirklich ein Hakenkreuz!« Antwort der Jüngeren: »Dann hol dir einen drauf runter, wenn es dich so antörnt!«

Frechheit! Skandal! Der junge Mensch lachte sich ins Fäustchen und sagte seinem Freund: Jetzt habe ich sie gefickt.

Sechzigerjahrejugendliche, die Adressaten dieser Attacke in den Achtzigern, wollten ihre Eltern ähnlich begriffsunfähig machen. Sagte in den Sechzigern ein Alter etwas Abfälliges zu Jugendlichen, so wurde er ans Dritte Reich erinnert, und die Jugendlichen hatten gleichgezogen. Der damals Alte wurde verbal ebenso gewalttätig wie ein heute Älterer wird, wenn ein Junger ihm passend über den Mund fährt. Kleine Welt.

Auch der Begriff *Kreativität* wurde von einem gesellschaftlichen Anspruch losgelöst und bezeichnete nun einen persönlichen Wunsch: seine, was das auch sei, eigenen Ideen einzubringen. Der junge Mensch wurde als Stichwortfinder in die Diskotheken geschickt, und drei Wochen später hatte jemand mit dem neuesten Spruch bereits Waschbecken verkauft. Der Weg führte von der Düsseldorfer Agentur Schirner zum *Ratinger Hof* und zurück. *Kreativ* war nun ein Designer. Wer das nicht war, konnte immerhin ein Designerjackett kaufen.

Jede Personalabteilung weiß ihre Mitarbeiter zu beruhigen, indem sie ihnen das Gefühl gibt, sie leisteten kreative Arbeit und hätten alle Chancen, sich dabei »selbst zu verwirklichen«. Die Vermischung von Kunst, Kultur und Design war perfekt. Inhaltliche Diskussionen galten als abstoßend, Meinungen galten als austauschbare Selbstdarstellungen. Sinnfragen verbreiteten einen Mief, den man nur mit Lustigkeit vertreiben konnte. Mit Spiel. Mit Simulation. Mit So-tun-als-ob. Mal sehen, was geschieht, wenn ich *das* jetzt sage. Ich bin's nicht. Ich sage es nur. Und so weiter. Die achtziger Jahre waren das Jahrzehnt der Spieler.

1953 geboren, war ich zu jung, um Aktivist der Revolte zu werden, während es sie noch gab. Anfang der Achtziger war ich dreißig und zu alt für einen Neujugendlichen. Während der siebziger Jahre gab es keine eigenständige Jugendbewegung, gültig waren noch Reflexe aus den Sechzigern.

Ich erinnere eine Situation im *Dschungel.* Die Frau, die ich Nacht für Nacht dort traf, wollte mir klarmachen, daß ich die Haare abschneiden müßte. Es war 1983, ich lief noch wie ein Hippie rum und konnte mich mit den gestylten Achtzigerjahrejugendlichen nicht groß anfreunden. Die Frau hatte Probleme, an diesem Ort der neuesten Moderne immerzu mit einem Langhaarigen aufzutauchen. Sie redete auf mich ein, ich widersprach ihr. Es gibt keine Individualität mehr, sagte sie, ein Traum aus der Vergangenheit, und der sei vorbei. Vergiß Individualität, sagte sie, schneid die Haare ab und zieh paar weite Klamotten an. Kurze Zeit später kamen Langhaarige mir wie Menschen aus einer anderen Zeit vor. Für mich war sie gerade vorbei. Die Freundin lachte und zeigte sich den ganzen Abend lang mit mir auf der freitragenden Treppe. Ich fand es gar nicht schlecht, so zu tun, als sei ich einer von denen.

In den Achtzigern habe ich mir abgewöhnt, Jeans zu tragen (um sie heute wieder anziehen zu können). Ich habe mir abgewöhnt, mit einer politischen Meinung zu hausieren. Das sind Errungenschaften dieses Jahrzehnts. Man nahm alles spielerischer. Man nahm den ernsten Zeichen ihren Ernst. Einen Moment lang. Die Zeichen kommen wieder.

Heute will die Frau aus dem *Dschungel* einen Zusammenhang zwischen den Achtzigern und den Neunzigern gar nicht so genau nacherzählt haben. Diese beiden Dekaden könne man nicht miteinander vergleichen, sagt sie, die Achtzigerjahrejugendliche, 1993.

Der neue Rechtsextremismus aber, die moderne Rechte, ist ein Kind der achtziger Jahre.

II Die Unpolitischen

In der Bundesrepublik gab es drei Phasen, in denen rechtsextreme Parteien eine Rolle spielten: Anfang der Fünfziger, Ende der Sechziger und Anfang der Achtziger. Der 1982 gewählte Bundeskanzler Kohl hatte eine »geistig-moralische Wende« zum Leitwort seiner ersten Regierungserklärung gemacht. Dies ist ihm von Linken übelgenommen worden. Daß er keine rechtsradikale Politik machte, ist ihm von Rechten übelgenommen worden. Seit 1983 kursierte in der rechtsextremen Szene der Begriff *Wendebetrüger*, der die Kohls meinte. Fehlgeschlagen war die Aktion von Innenminister Zimmermann von 1983, in Deutschland lebenden Türken »Rückkehrprämien« anzubieten, der vierte Schritt nach dem »Anwerbestop«, der »Zuzugsbegrenzung« und der »Zuzugssperre«. Antitürkenflugblätter häuften sich wie Antitürkenwitze.

Daß es einen Rechtsruck, eine gesamtgesellschaftliche Begriffs- und Bewußtseinsbewegung nach rechts seit Anfang der Achtziger gegeben hat, wissen Verfassungsschützer zu berichten. Anfang der Achtziger ist eine Aussage wie »Das Boot ist voll« von ihnen noch als rechtsextremistisch eingestuft worden. Wer mit diesem die Wirklichkeit verdrehenden Gleichnis an die Öffentlichkeit ging, wurde beschattungswürdig. Ende der Achtziger und Anfang der Neunziger zählte dieser Satz zum Repertoire aller bedeutenden Parteien. Die Kriterien, was rechtsextrem sei, verschoben sich für Verfassungsschützer – wollten sie nicht die etablierten Parteien ins Visier bekommen – nach rechts. Das, konkret, ist ein Rechtsruck, dessen Bewegungsform besser mit »Schleichen« zu beschreiben wäre. Und was Anfang der Achtziger noch New-Wave-Spielmasse war, wie Pullover mit Hakenkreuzen, Songzeilen wie »Unsere Stiefel sind so schwarz«, das wird in den Neunzigern wiederaufgenommen – allerdings nicht im Spiel, sondern im Ernst. Und nicht nur das.

Seit Mitte der Achtziger haben DDR-Behörden Skinheads registriert und mit ihnen erhebliche Schwierigkeiten gehabt; größere als mit den DDR-Punks. Die Erkenntnisse darüber sind seit Januar 1990 öffentlich zugänglich. Wieso wundern sich so viele, daß diese Entwicklung nach der Einheit nicht zurückgegangen ist, sondern, unterstützt durch den Rechtsruck und eine verantwortungslos aufwiegelnde »Asyldebatte«, angeheizt worden ist? Der Rechtsextremismus der Neunziger ist die logische Fortsetzung des Rechtsextremismus der Achtziger. Er ist keine neue Erscheinung. Die rechte Szene hat zehn Jahre lang von der Ignoranz der Mehrheit und von deren eigenem uneingestandenem Rechtsruck profitiert. Verständlich, daß man sich daran nicht erinnern will.

Die Sechziger und Siebziger waren Jahrzehnte inhaltlicher politischer Auseinandersetzungen, die Achtziger waren das Jahrzehnt des Bestreitens von Inhaltlichem. Die Jugendlichen der Achtziger hatten kaum eine andere Wahl. Sie litten unter den Inhalten. Diese hatten die Alten besetzt. Eine Jugend aber ist dazu da, die Alten vom Thron zu stoßen und Werte neu zu bestimmen. Also wurde es mehr und mehr eine Waffe im Dialog mit den Inhaltsgläubigen, die Bedeutung von Inhalten zu leugnen und die Bedeutung von Strukturen, in denen diese Inhalte zum Tragen kommen, zu betonen. Weg mit dem Politischen als Denkkategorie! Laßt die Alten in ihrer Inhaltsgläubigkeit verrecken! Wir reden nicht mehr über deren Inhalte! Und so weiter. Sie mußten sich noch nicht die Frage stellen lassen, ob sie nicht etwa reaktionär, gegenmodern handelten. Ein Teil der Jugend nahm eine geistig-moralische Wende vorweg, die wenige Jahre später durch einen Bundeskanzler angekündigt werden sollte. Zuerst schien es bei der Ankündigung zu bleiben. Inzwischen wissen wir mehr.

Nachdem 1983 meine Erzählung »Die Berliner Simulation« erschienen war, fragte man mich nach dem Begriff der Simulation, um herauszukriegen, inwieweit ich Simulation für wirklichkeitsstiftend oder -ersetzend hielt. Man erwartete von mir aus dem dekonstruktionistischen Pool entnommene Argumente, die die Wirklichkeit neu interpretierten. Ich hingegen sagte, meistens zur Enttäuschung der Fragesteller, wenn Blut fließe, dann sei das Blut echt, und keine Simulation.

Diesen Gedanken bestätigen uns heute die Opfer jener inoffiziellen Mitarbeiter der Staatssicherheit, die in den Achtzigern Jugendliche waren und dachten, sie könnten mit dieser Behörde zusammenarbeiten. In den Rechtfertigungen klang immer wieder durch, daß Information nicht inhaltlich, sondern kybernetisch betrachtet wurde. Der Tenor der Erklärungsversuche der Stasi-Künstler vom Prenzlauer Berg, warum man sich zutraute, mit der Stasi zu sprechen, ohne Schaden anzurichten, lautete: Wir haben es als Spiel gesehen, als Verstopfung von Informationskanälen, nicht als Weitergabe von Information, die zu blutiger Wirklichkeit werden könnte. Auch dies ist eine bekannte Denkfigur aus den Achtzigern, von französischen Inspirationsphilosophen verbreitet, von ihren Jüngern nachgebetet. Es ist ein Welterklärungsmodell, das Inhalte nicht wichtiger oder anders nimmt als Strukturen, in denen Inhalte eine Rolle spielen. Da man davon ausgehen kann, daß die Staatssicherheit in alldem kein Spiel gesehen hat, ist die These vom Spiel nett, aber gefährlich.

Das philosophische Spielfeld der Achtziger und die Realität kollidierten im Osten, im Westen nicht. Denn im Westen war es wirklich nur ein Spiel. Und wirklich: Im Osten war es ernst. Die Unterschätzung der Inhalte und die Überschätzung von Strukturen hatten diese Prenzlbergverräter gemein mit manchen West-Jugendlichen der Achtziger, die sich mit ähnlichen Denkmodellen gegen die Älteren stemmten. Im Westen Deutschlands wäre die gleiche Generation (meine) der gleichen Gefahr ausgesetzt gewesen, wenn ähnliche Bedingungen geherrscht hätten. Viele hätten nicht anders gehandelt als die Männer und Frauen vom Prenzlauer Berg.

Mehrmals habe ich am Prenzlberg das Argument gehört, Biermanns Generation, das seien Leute mit einem anderen Politikverständnis. Das gleiche im Westen. Die Jugend der Achtziger hatte die Nase voll von einem in politischen Kategorien vernagelten Denken und war gierig auf alles, was die politikgeilen Besserwisser alt aussehen ließ. Das ewig Bedeutungsschwere und -schwangere und Wahrheitstriefende galt es wendig und geschickt zu unterlaufen. Das wurde geradezu die Spezialität der Jugend der Achtziger. Im Westen wie im Osten.

Die Aussage, man könne die Achtziger nicht mit den Neunzigern vergleichen, höre ich meistens von Menschen, die in den Achtzigern selbst jung waren und es nun, in den Neunzigern, in aller Tollheit nicht mehr gewesen sein wollen. Manche Helden der Achtziger tun alles, um als solche nicht in Erinnerung zu bleiben. Ist es jedoch nicht zu verhindern, so arbeiten sie daran, Retuschen an dem Bild der Achtziger vorzunehmen. Sie wollen sich aus dem Bedeutungsfeld eines Mißverständnisses schaffen, das vielleicht gar keines ist. Man hatte zehn Jahre lang Zeit einzusehen, daß Inhaltsverweigerung nicht Inhaltlosigkeit, sondern selber Inhalt ist. Die Entscheidung, sich nicht zu entscheiden, ist die Entscheidung dafür, andere entscheiden zu lassen.

1982, als NS-Chic und Bolchevique-Chic im *Dschungel* getragen wurden, als »Deutsch-Amerikanische-Freundschaft« sangen »Tanz den Adolf Hitler« und »Unsere Stiefel sind so schön«, verkaufte die Künstlerin Rosemarie Trockel Pullover, in die neben anderen Zeichen kleine Hakenkreuze eingestrickt waren. Wie jene Moden und jene Musik schienen auch diese Pullover ein Beleg dafür zu sein, daß man nun über alles freier reden, mit allem spielerischer umgehen könnte. Vielleicht war es eine Errungenschaft der Achtziger, daß gelernt wurde, mit allen möglichen Elementen und Inhalten spielerisch zu verfahren. Diese Fähigkeit bedeutet ja nicht, daß man dazu verurteilt ist, Inhalte gar nicht mehr wahrzunehmen.

Zehn Jahre später aber behauptet einer der Wortführer der Achtzigerjahrejugendlichen, Diedrich Diederichsen, derselbe Pullover der Rosemarie Trockel habe 1992 eine andere Bedeutung. Nun hat ihn ein Musiker der Rockband »Störkraft« im Fernsehen getragen. »Störkraft« ist eine sogenannte rechtsextreme Rockband.

Auf einem Frankfurter Podium empörte Diederichsen sich darüber, daß der Musiker diesen Pullover nicht trug, um mit ihm zu spielen, sondern daß er ihn trug, weil er ernst meinte, was so hübsch in ihn eingestrickt ist. Diederichsen nimmt den Rechten der Neunziger übel, daß sie sich Zeichen aus den Achtzigern borgen, die ihnen offenbar nicht so fern sind. Diederichsen bringt die Achtziger also doch mit den Neunzigern in Verbindung – allerdings ausschließlich zu dem Zweck, diese Verbindung zu bestreiten. Der Zauberlehrling fuchtelt. Gebannt schaut man ihm zu. Dies ist nicht die Zeit für Simulationstheorien. Geschichte wird wieder mit Blut geschrieben.

Was hat diesen Pullover innerhalb von zehn Jahren verändert? Was hat Diederichsen innerhalb dieser zehn Jahre verändert? So wendig wie möglich versucht er, kurz bevor man ihm sagen könnte, damit mußt du jetzt leben, Junge, das hast du doch gut angerührt, nun den *Linken* herauszuhängen. Er will nicht auf der falschen Seite gestanden haben. Er hat vergessen, daß es einmal darum ging, auf *keiner* Seite zu stehen. Und schließlich standen für dieses Bewußtsein auch die Songs der »DAF« und die Pullover der Rosemarie Trockel.

Diederichsen ist zu Recht beleidigt. Die Sache geht ihm so nah, wie sie ihm zu gehen hat. In seinem Buch »Sexbeat« hat er verraten, auf welchem Mist sein Denken wuchs: »Es ist klar, daß die Second-Order-Generation, also wir, ihren fundamentalen Erkenntnissprung hatte, als sie der Mittel und Wege habhaft wurde, die es ermöglichten, die Inhalte zu vergessen.« Das Problem ist nur: die Inhalte kehren wieder. Und hier und heute sind sie »im Ernst« wieder da: das Hakenkreuz, der Landser-Haarschnitt, der faschistische Gruß, das Jungvolk-Outfit.

Wurde nicht die Achtziger lang auf der Zeichenebene alles vorbereitet, und ist es nicht so, daß man sich nun nur noch zu bedienen braucht? Wer mit den Moden durch die Achtziger ging, wird noch ein paar Naziklamotten im Schrank hängen haben. Wenn er die heute unbedacht anzieht, riskiert er – zumindest in manchen Berliner Bezirken – Kopf und Kragen, und zwar in echt.

Diederichsens Sichabarbeiten an der Frage, ob Nazikultur Subkultur sein kann, wirft selber noch mal ein Licht auf den für die Achtziger typischen Tick, Nebenschauplätze zu Hauptschauplätzen zu machen. Diederichsen begnügt sich damit, rechtsextremen Rockbands Subkultureigenschaften abzusprechen – womit er sich aus deren Traditionslinie ziehen will.

Jetzt wäre auch im Westen darüber zu sprechen, worüber am Prenzlauer Berg inzwischen gesprochen werden mußte. Was geschah in der Subkultur, als dieser Rechtsruck Anfang der Achtziger begann? Warum sollte das Hakenkreuz neulich keine Bedeutung gehabt haben? Was gefiel uns daran? Was haben wir übersehen? Wie war das mit dem Revival der Dreißiger und Vierziger in den Achtzigern? Die Party ist vorbei. Reden wir über sie!

III Gegenmoderne

Fällig ist eine Kritik der achtziger Jahre. Welche förderliche Rolle spielte das »unpolitische« Sichabsetzen von den Nächstälteren im Kontext der gleichzeitigen Re-Formierung der alten Rechten zur neuen Rechten? Was also war das Politische an den »Unpolitischen«? Um zu antworten, wäre Abstand zu den Achtzigern vonnöten. Wer ihn nicht findet, wird kaum klaren Kopfes durch die Neunziger kommen.

In den Achtzigern sind »schwere« politische Symbole wie Hakenkreuz oder Reichskriegsflagge als »leichte« Zeichen, als Teil des Spiels mit allem, was es gab, in die Bilderwelt zurückgekehrt, ohne daß die Aufschreie, das sei Ernst, ernstgenommen werden konnten. In den Neunzigern müssen sie – die jüngsten Geschehnisse zwingen dazu – wieder als die schweren Symbole angesehen werden, die sie sind.

Ich kritisiere nicht Pullover von Rosemarie Trokkel oder ein Lied wie »Tanz den Adolf Hitler«. Ich verteidigte diese damals und täte das heute, wenn danach gefragt würde. Nur ist nun zu erkennen, daß auch diese Kunst- und Popwerke der Achtziger die jetzt beklagte Wiederkehr der ernstgemeinten politischen Symbole ungewollt mitermöglicht haben. Damit kann man leben. Damit ist keine Schuldfrage verknüpft. Ärgerlich ist nicht diese Beobachtung, sondern sind solch hektische Wendezuckungen wie die Diederichsens.

Die Lauten oder Aktiven jeder Jugendlichen-Generation stehen unter einem Unterscheidungsdruck gegenüber den Älteren überhaupt und den Nächstälteren im besonderen. Es sieht so aus, als hätte man, um diesen Trennungsstrich klar zu ziehen, in den Sechzigern *links* sein müssen, in den Siebzigern *subjektiv*, in den Achtzigern *narzißtisch* und in den Neunzigern *rechts*.

Die narzißtische, die »unpolitische«, von außerpersönlichen Ansprüchen sich lossagende Perspektive vieler Achtzigerjahrejugendlicher war offenbar dergestalt, daß im Schatten dieser Haltung Politik sich für einige gegenmodern neu, rechts, entdecken ließ.

Und die Linke der achtziger Jahre? War versunken ins Feindbild Ronald Reagans, zitterte vor »1984« und bildete Menschenketten gegen Pershing II. In Form der Grünen zog man mit abgeschliffenen Kanten in Parlamente und Regierungen ein. Zusammengenommen war damit die Existenz dieser Seite, dieser traditionellen Alternative, erloschen, aufgespalten in politische Romantik bzw. parlamentarische Nebenrolle. Erloschen außerinstitutionelle Rationalität, erloschen parlamentarische Alternative.

Auffallend, daß Künstler, die Achtzigerjahrejugendliche waren, sich immer noch auf die Siebziger beziehen, wenn sie nein sagen. Wie lange noch diese Stellvertreterkämpfe gegen Ältere, während man selber älter und einer der Alten der nächsten Zeit geworden ist? Was wird bei diesen Verdammungen der Siebziger immer nicht mitverdammt? Wovon entlastet dieser Fluch? Christoph Schlingensief, katholischer Tabu-Fanatiker, greift die Siebziger in seinem Stück »Hundert Jahre CDU, Spiel ohne Grenzen« an, als stoße sich noch jemand an dieser Dekade – außer denen, die das Pech hatten, in ihr groß werden zu müssen. Wer wird mit den Achtzigern abrechnen, mit diesem Jahrzehnt des Überflusses, der Verschwendung und permanenter Partystimmung?

Angriffe auf die Siebziger in den Neunzigern kommen mir vor wie Angriffe auf die Fünfziger in den Siebzigern: geschenkt und umsonst: realitätslos: Leichenfledderei. Sicher lebt Papa noch, der einen unterdrückte und von dem man sich also befreite. Aber Papa gibt nicht mehr den Ton an. In den Achtzigern gab man sogleich selber den Ton an. Man müßte sich sich selber vorknöpfen und die Achtziger betrachten, also sich selber als werdenden Papa... Viel zu unbequem! Dann lieber gegen Papa, da weiß man, was man hat.

Köstlich, sich eine Beschimpfung der achtziger Jahre auszudenken...

In den Achtzigern haben wir vom »Realitätsflash« gesprochen, wenn einschneidende, folgenreiche Veränderungen der Wirklichkeit geschahen. Wenn Außergewöhnliches »Realitätsflash« genannt wird, wird das Gewöhnliche, Alltägliche offenbar nicht als Wirklichkeit erfahren, sondern als durch stabile Wirklichkeit abgesichertes Spielfeld, auf dem ein Als-ob-Verhalten möglich ist. Der Achtzigerjahrespaß ist nur möglich gewesen auf dem Boden der solch weites Spielfeld zulassenden Nachkriegsordnung. Mit der Achtzigerjahreparty wurde sie verabschiedet.

Worin zeigt sich der *Ernst der Neunziger*? Leicht gefragt. Die Antworten stehen in den Zeitungen, sind in Berlins Straßen mit bloßem Auge zu sehen, an den Nebentischen nach wenigen Minuten herauszuhören, und sie sind im eigenen Erinnerungsvermögen aufbewahrt. Soll hier noch einmal gesagt werden, daß es Westberlin nicht mehr gibt, der kalte Krieg vorüber ist? Daß die stabilisierenden Grenzen nach Osten sowie die schützenden überethnischen Dächer einiger Staaten niedergerissen sind? Daß das Tiefkühlfach nun auftaut? Daß Autonomien und Grenzen durch Blutspuren markiert werden? Daß der Nord-Süd-Gegensatz uns vor Augen kommt als einer zwischen West und Ost? Was es jetzt kostet, umzuziehen, wenn man überhaupt eine Wohnung gefunden hat?

Mir gefällt der Begriff der *Gegenmoderne*, den Ulrich Beck[1] benutzt, um jenen immer schon mit der Moderne mitlaufenden Einspruch zu bezeichnen, der unter anderem folgende Alternativen anbietet: *Nationalismus* gegen *Übernationalismus*, *Gemeinschaft* gegen *Gesellschaft*, *Emotion* gegen *Rationalität*, *Gewalt* gegen *Diskurs*, *Kultur* gegen *Zivilisation*, *kulturelle Identität* gegen *Multikultur*.

Mir gefällt dieser Begriff, weil in ihm meine rechtsradikalen Freunde unterzubringen sind, ihr

1 Ulrich Beck, Die Erfindung des Politischen, Frankfurt/M. 1993.

Selbstverständnis, heimlichtun zu müssen, ihr Leisesprechen, das ein Selbstschutz vor der Verachtung durch den gesellschaftlichen Konsens ist. Wie Martin Walser[1] erfreulich kraß sagte, müssen sie in Samisdat-Verhältnissen ihre Schriften verbreiten und einander zustecken. Das betrifft auch unscheinbare, normalere Rechte, nicht nur die »Kostümrechten«, die lauten. Wenn es darauf ankommt, ist das, was sie wählen, zweistellig vor dem Komma demokratisch.

Die Gegenmoderne ist eine Variante der Moderne, mischt also in ihr mit ihr mit, ist nicht der naturgegebene Antipode, aber die durchdrungene konservative Skepsis, ob es so weitergehen könne, ob die Auflösung der Werte nicht eine neue Wertebindung, einen überschaubaren Rahmen vor allem verlange. Ob anstelle der nicht überschaubaren und von einer politischen Elite verordneten Multikulturalität nicht doch die Bindung an die »kulturelle Identität« Ausweg aus der Diffusion brächte. Ob die geordnete Gemeinschaft nicht der unordentlichen Gesellschaft vorzuziehen wäre. Die letzte Frage ist die nach einer autoritären Führung. Früher sagte man Diktatur. In Deutschland *Führer*.

Die Moderne steht für Projekte der Öffnung, die Gegenmoderne für Projekte der Abschottung. Die

1 SPIEGEL, Nr. 26, 1993.

Moderne verfolgt das Fragenstellen und -lösen, die Gegenmoderne das Fragenvernichten. Durch vereinfachende Lösungsmodelle stellt die Gegenmoderne sich zur Zeit dar als ein Projekt der Fragentilgung, während alle Welt daran arbeitet, die Fragen, bis hin zur Feststellung einer Unübersichtlichkeit, zu vermehren.

Mir fällt dazu ein Radrennen ein. Im Windschatten des anderen sammelt man seine Kräfte. Der andere leistet die Führungsarbeit und zieht die meisten Blicke auf sich. Er ist verantwortlich für das Tempo, das gefahren wird. Man rollt hinter ihm her und wartet auf den günstigsten Moment, um aus dem Windschatten heraus vorbeizuziehen und selber die Führung zu übernehmen.

Im Zeitalter des Antikommunismus, mit dem im Westen die Nachkriegsordnung begann, führte die Linke ein Schattendasein. Mitte der Sechziger trat sie aus dem Windschatten und übernahm nach und nach die Meinungsführung im Land. Im Schatten rollten die mit, die mit nationalen Themen über zwei Jahrzehnte lang völlig aus den Perspektiven geraten waren, die kein Gehör fanden oder der Lächerlichkeit preisgegeben wurden, wenn sie sich öffentlich zu Wort meldeten. Ihre Ambitionen hatten kein nennenswertes Publikum. Das schmälerte ihre Ambitionen nicht. Im Gegenteil. Im Windschatten wächst das Gefühl für die eigene Macht. Im Konsenssuchen nutzt es sich ab. Die »Wende« war in der Tat 1982/83. Seitdem verbessern sich die Chancen für die Gegenmoderne beträchtlich, aus dem Windschatten herauszutreten und offen um die Meinungsführung zu kämpfen.

IV

Ich könnt mir vorstellen, daß der deutsche Mensch, nachdem er sich in Paris und vor Stalingrad und in Lidice hat blicken lassen, jetzt endlich den Drang verspürte, daß er seinen Namen ablegt. Wie soll er sonst ein neues Leben anfangen, wenn jeder ihn kennt?

Bertolt Brecht
1944

Die guhten Menschen von Deutschland

I

Warum sind nicht die Gespräche mit Skinheads oder Rechtsextremen anstrengend, sondern die mit ihren politischen Gegnern? Ich unterhielt mich mit Skinheads, und es gab keine Probleme. Die gab es nur vorher und nur in meinem Kopf; bis ich den Schritt zu ihnen hin tat und sagte, was ich wollte.

Die anstrengenden Gespräche waren andere. Es gab kaum eine Diskussion über Rechtsextremismus ohne das entweder stille oder ausgesprochene Einverständnis, daß jene, die darüber redeten, mehr politische Bildung hätten als jene, über die gesprochen wurde und die bei den Diskussionen nicht dabei waren. Kam ich in jenen diskutierenden Kreisen auf meine Recherchen zu sprechen, so sagte man mir gern, daß, was ich tat, wichtig wäre. Wegrennen hätte ich können vor diesem einschnappenden Reflex. Jene, die sich keine Mühe gegeben hatten, Menschen zu verstehen, die rechtsextremen Anschauungen zuneigen, sie vielmehr lieber pauschal verdammten, erklärten – wegen eigener Unterlassungen? – meine Untersuchungen zu einer besonderen Leistung. Ich widersprach ihnen. *Das* waren die Martergespräche. Die mit Skinheads waren eher lustig, weil nicht schlau um etwas drumrum formuliert, sondern geradezu geredet wurde.

Im Lauf der Recherchen kamen die sogenannten Gebildeten mir wie die Dummen vor. Habe kaum Dümmeres zu dem Thema gehört als von Menschen, die sich mit Bildung und Mitwissen bei diesem und jenem durchaus brüsten können. Es gibt ein weltabgewandtes halbgebildetes Quasseltum, das man wie eine Endlosschleife um die Tage wikkeln kann, die mit Milchkaffee begonnen und mit Chianti beendet werden. Und mir schien, dieses Endlosgerede auf gewissem Niveau ohne geringsten Zugriff aufs Thema hätte die Funktion, die Klugredner davor zu bewahren, sich die Wirklichkeit anzuschauen, über die sie urteilten. Sie hatten mit ihr nur noch solcherart zu tun, daß sie ihre gepflegten Vorurteile an den effektversprechenden Stellen einsetzten.

Eines der vor jeder Diskussion geteilten Einverständnisse ist in der Frage enthalten, wie man gegen Andersdenkende angehe. Die Gegnerschaft wird als selbstverständlich vorausgesetzt, die Frage gilt nur noch dem *wie*. Fremd ist diesen Kopfkämpfern die Vorstellung, daß man Fremden zuhören könnte, bevor man gegen sie angeht. Und somit kollidierte dann das Lob, daß ich mit Skinheads gesprochen hatte, mit der Tatsache, daß die darüber Begeisterten es nicht ertrugen, wenn ich nacherzählte, wie die Welt in den Augen der anderen aussieht. Vernichtungsphantasien sah ich meinen Zuhörern an, bevor sie sie äußerten. Sie waren in der Regel zehn Jahre älter als ich; Kinder der Kriegsgeneration. Hatten das Gefühl, Verantwortung zu tragen. Betonten ihren Abscheu vor den derzeit protestierenden Jugendlichen. Keine Spur von Einsicht, daß auch junge Rechtsextremisten unsere Kinder sind.

Die berühmteste Parole dieser jungen Menschen, Kinder der Nachkriegskinder, ist, sie seien stolz, Deutsche zu sein. Wenn einer das behauptet, weiß er, daß er auf Widerspruch stoßen wird. Möglicherweise ist dies der Grund, weshalb er seinen Stolz-Satz aufsagt. Er weiß, daß er etwas sagt, was verboten sein soll.

Wie wird widersprochen? Wegen der Opfer der Deutschen dürfe man nicht stolz sein, Deutscher zu sein. Der »Stolze« bemerkt, daß die anderen sich schämen. Er treibt sie in jene Ecke, aus der sie sich nur befreien können, wenn sie ihn mit einer Übertreibung (»Nazi!«) beleidigen, woraufhin er ebenso übertreibt – und der Dummdialog der einschnappenden Reflexe kann beginnen.

Solche Gespräche enden so gut wie nie damit, daß einer den anderen zumindest nachdenklich machte.

Im Gegenteil führen sie zur Verschroffung und Verhärtung der Positionen. Waren da am Anfang zwei Redende, so sind es am Schluß zwei Schimpfende, wenn nicht Schlagende. Einer hat sich dem anderen als Feind zu erkennen gegeben, und beide kommen sich gerade recht.

Die sich öfter wiederholende, an Lächerlichkeit grenzende Situation ist jene, daß ein Halbwüchsiger seinen Stolzsatz aufsagt und daß daraufhin hochgebildete erwachsene Menschen die Skala vom guten Zureden bis zum verbalen Faustschlag durchhecheln. Was für ein Erfolg für den Halbwüchsigen! Aber warum geschieht das immer wieder so?

Es ist kein Zufall, sondern geradezu Bedingung, daß das Thema, bei dem beide Seiten verhandlungsunfähig werden, mit dem Deutschsein der Beteiligten, mit Deutschland zu tun hat. Warum ist es für viele unmöglich, zuzulassen, daß andere stolz auf ihre Herkunft sind? Und warum sagen die anderen ausgerechnet, sie seien stolz? Seine Wirkung erzielt dieser Satz vor dem Hintergrund jener, die sich schämen, Deutsche zu sein. Warum schämen die sich? Warum lehnen manche von hier die Zugehörigkeit zu diesem Land ab?

II

Endlich war der Krieg vorüber. Die deutschen jungen Menschen, die ausgezogen waren, das Reich zu vergrößern, kamen als geschlagene Männer und Frauen zurück. Glaubwürdig konnten sie keine Heldentaten erzählen. Sie beklagten die Trümmer im eigenen Land und räumten sie weg, machten Kinder und Familien. Vergaßen, was gewesen in ihrer Jugend, die nun vorbei war, und fingen bei einem »Von-vorne« an. Später verlangten ihre Kinder Auskunft über die verschwiegene Zeit und hörten meistens unklare Antworten. Sie bemerkten, daß sie ihren Eltern jedes Wort aus der Nase ziehen mußten. Daß sie mit diesen Fragen den wunden Punkt der Überlebereltern getroffen hatten. Ihre Fragen, die mehr und mehr Behauptungen wurden, erschienen vielen Alten als ungerecht. Millionenmal gab es den Knacks zwischen der Kriegsgeneration und ihren Kindern. *Ihre Kinder*, wie sich damals eine der ersten deutschen Rockbands nannte, lebten nun manche Konflikte, die ihre Eltern zu leben nicht zuließen, stellvertretend für sie nach. Diese Kinder fühlten sich schuldig. Sie schworen der Welt eine Besserung des deutschen Wesens. Diese Kinder sprachen von einer Verantwortung, die ihre Eltern nicht auf sich bürden konnten oder wollten.

Das mag die durchschnittliche biographische Ausgangssituation des guten Menschen von Deutschland sein. Er ist eine Generation nach der Generation der bösen Menschen von Deutschland geboren und hat eines Tages seinen Eltern Fragen gestellt, die diese nicht beantworten konnten oder auf die sie unglaubwürdig reagierten. Der damals junge Mensch entdeckte, daß er etwas nachzuholen hatte, etwas, zu dem die Eltern nicht in der Lage gewesen waren. Der gute Mensch von Deutschland wollte besser werden als seine Mutter und sein Vater, die bösen Menschen von Deutschland.

Die guten Menschen sagen, von diesem Land sei die größte Barbarei des Jahrhunderts ausgegangen. Deutsche hätten besondere Verantwortung, wenn Minderheiten verfolgt würden. Hätten Verantwortung für Juden und Zigeuner sowieso, für alle Schutzsuchenden und Verfolgten. Ihnen stehe ein »Bleiberecht« zu (das es nirgendwo gibt). Geschmack, Verhalten und Wortschatz weisen sie aus als Menschen, die allem mißtrauen, was deutsch ist.

Wenn jemand sich so äußert, der in die Linie der Opfer der Deutschen gehört, dann spricht er aus Erfahrung. Wenn ein Deutscher, der nach dem Krieg geboren wurde oder zur Schule gegangen ist, so spricht, dann steht er im Verdacht, sich nicht nur zu distanzieren von nationalen Tönen, sondern sich freizusprechen von der Tradition des hiesigen Nationalismus. Die so reden, sind in einen Nationalismus, von dem sie sich distanzieren, mehr verstrickt, als sie vermuten. Es sind *negative Nationalisten*: Menschen, die sich aus dem Wörterbuch des Nationalismus bedienen, die Bedeutungen jedoch ins Gegenteil verkehren. Auf die Entscheidungen und Parolen des aktuellen Rechtsextremismus antworten sie mit der Seitenverkehrung. Die Forderung eines »Bleiberechts« seitenverkehrt das tumbe »Ausländer raus«.

Alarmierend sind im Neunziger-Deutschland die sich verdichtenden Vorkommnisse von Fremdenhaß und Menschenjagd. Gleichzeitig rüstet die Gegenseite ihre Fremdenliebe und ihren positiven Rassismus nach. Sagen Rechte »Deutschland den Deutschen«, so die Seitenverkehrer »Nie wieder Deutschland«.

Der gute Mensch von Deutschland, der negative Nationalist oder positive Rassist, hat Deutschland einmal hassen müssen. Er leidet an der deutschen Geschichte, wie seine Eltern – die Gründe gehabt hätten – es nicht tun konnten. So wie der Weg vom Judenpfleger zum Judenvergaser nicht weit war, wie man am Beispiel Adolf Eichmanns sah, ist auch der Weg vom Fremdenliebenden zum Fremdenhasser nicht weit. Beide Haltungen schreiben dem Fremden vor, ein Besonderer zu sein. Beide Haltungen stehen gegen eine Normalisierung.

Ein Beispiel ist das Paar um die Vierzig, das sich überlegt, auf welche Schule es seine Tochter schickt. Die nahe gelegene Schule hat einen hohen Ausländeranteil. Eine weiter entfernte hat fast nur deutsche Schüler. Die linksliberalen Eltern entscheiden sich für die Schule, die weiter weg liegt und hauptsächlich von deutschen Schülern besucht wird. Da sie »im Grunde«, wie sie sagen, für eine multikulturelle Gesellschaft »eintreten«, haben sie im Gegenzug eine afrikanische Putzfrau eingestellt.

Nationalismus stellt die eigene Nation *über* andere. Negativer Nationalismus stellt die eigene Nation *unter* andere. Beide Haltungen werden getragen vom Gedanken der Ungleichheit. Ungleichheitsideologien sind die Grundlage jedes Extremismus.

In Deutschland ist der negative Nationalismus die Reaktion Nachkriegsjugendlicher und folgender auf ihre Eltern –, die Kriegsgeneration. Die bewußte Distanzierung von den Älteren und das unbewußte Übernehmen der Haltung, die man sich von den Eltern gewünscht hätte, fallen bei Gesellschaftskritikern der zweiten Generation zusammen. Gemein haben Nationalismus und negativer Nationalismus, daß sie Deutschland einen Sonderstatus zuweisen. Agierten die einen eine absonderliche Stärke aus, so folgen viele Nachgeborene mit einer sonderbaren Schwäche. Der Verantwortungslosigkeit der Kriegsgeneration folgte der Anspruch globaler Verantwortung bei nicht wenigen aus der Nachkriegsgeneration.

Es gab Gründe sich zu schämen, Deutscher zu sein. Diese Scham aber ist zu oft als Selbstzweck erkennbar. Der Selbstzweck lautet: Meine Scham, Deutscher zu sein, macht mich stolz, denn ich bin unausgesprochen der bessere Deutsche. Nationalisten wie ihre negativen Abziehbilder wollen gute Deutsche sein, etwas besser als die anderen. Identitätsstiftung scheint hierzulande nach wie vor nur über einen Sonderweg möglich zu sein. Die beiden Seiten der Sondermedaille sind *Stolz* und *Scham*.

Wer sich öffentlich als gebildet ausgeben muß, braucht für diese Einschätzung immer auch das Urteil, daß ein anderer dumm sei. Dieter Hallervorden wußte den Witz zu erzählen, wie teuer den Gebildeten ist, was sie für dumm erklären wollen:

Ein Gehirnhändler und ein Kunde. Der Händler bietet das Gehirn eines berühmten Wissenschaftlers an. Preis: 2500 Mark. Danach bietet er das Gehirn eines Nobelpreisträgers an. Preis: 4000 Mark. Alle Preise seien Hundertgrammpreise, sagt er und holt das Gehirn eines Hooligans aus der Vitrine. Preis: 40000 Mark. Daraufhin der Kunde: »Warum ist das Gehirn eines Hooligans so teuer?« Die Antwort: »Was meinen Sie, wie viele Hooligans wir brauchten, um hundert Gramm zusammenzukriegen?«

Gebildete brauchen Dumme. Daran erkennt man ihre Dummheit.

III

In den Sechzigern, als Nachkriegskinder ihren Überlebereltern politische wie auch persönliche Diskussionen aufzwangen, wies die erste Generation, wenn sie sich rhetorisch bedrängt fühlte, auf ihre Erfahrung hin, sie meinte Lebenserfahrung, den Krieg und den Verzicht danach (vor der Völlerei). Zwanzig Jahre später betont die zweite Generation, wenn ihr widersprochen wird, ihre Globalbildung; sie meinen, sie wüßten besser Bescheid, könnten besser beurteilen, über Deutschland hinaus. Das nehmen ihnen die Jüngeren nicht mehr ab. So wenig, wie die zweite Generation den Älteren das mit der Erfahrung abgenommen hatte.

So wie es für einen Teil der Kinder der Kriegseltern undenkbar wurde, Verantwortung, zum Beispiel für das Wohl des jüdischen Volkes, zu übernehmen, so wenig kann sich ein Teil der Jetztjugendlichen vorstellen, daß ein Stolz aufs Deutschsein verboten sein sollte – wo doch jeder jubelt, wenn deutsche Mannschaften ein Tor erzielen.

Nach einer Generation heißt nicht, daß fünfundzwanzig Jahre vergangen sein müssen, wie wir früher lernten. Gemeint ist eher die Lebenserfahrung als die Frage, ob fünfundzwanzig Jahre vergangen sind. Zur dritten Generation zählt für mich, wer Lehrer aus der zweiten Generation hatte und sich an ihnen abarbeitete; unter anderem mit dem Ergebnis, daß manche Schüler, deren Lehrer viel von Gleichheit erzählten, mit der Hinwendung zu Ungleichheitsideologien antworteten. Wer zur zweiten Generation zählt, ist geprägt von nichtsprechenden Eltern, die die Kriegserfahrung er- und überlebt hatten. Diese Kriegseltern, die Reaktionen ihrer Kinder auf sie, sowie die Reaktionen der Kindeskinder – das sind die drei Erlebenswirklichkeiten, die drei Erfahrungen, die die Generationen trennen – und verbinden.

Jetzt war das Land fast aufgebaut. Deutsche allein schafften es nicht. Arbeiter aus anderen Ländern wurden angeworben, damit es mit dem Wohlstand für alle schneller ginge. Wieder saßen Eltern und Kinder auf Stühlen, um einen Tisch herum. Die Eltern, das waren nun die erwachsen gewordenen Kinder der Überlebergeneration. Sie wollten als Erziehungsberechtigte die Freunde ihrer Kinder werden. Locker sein. Mit den Früchten der Revolte den Alltag verschönern. Über alles reden. Die Kinder nicht zwingen, sondern fördern. Sie höchstens zwingen, sich fördern zu lassen. Sich selbst als Erzieher hinterfragen ... Dies sind bezeichnenderweise genau jene Eigenschaften, die die Nachkriegskinder so gern an ihren Überlebereltern wahrgenommen hätten. Und diesen Kontext verstehen die Kinder der Nachkriegskinder, die nun zwanzig sind und sich mit Antike erst später beschäftigen wollen, überhaupt nicht mehr. Sie merken, daß Ältere an einer Stelle besonders zu knapsen haben: wenn das Land, dessen Bürger wir sind, zur Sprache kommt. Das merkt man sich, wenn so ein Stolz-Satz das ganze Grübelprogramm der anderen zerhacken kann. Es gibt einen ähnlich kruden und unverständlichen Dialog zwischen der dritten und der zweiten, wie es ihn zwischen der zweiten und der ersten Generation gegeben hat. Für den jungen Menschen heute ist alles schwerer zu durchschauen, weil so viel Zeit zwischen dem Nationalsozialismus und der Diskussion darüber vergangen ist, daß nur noch indirekt über Hitler und Auschwitz gesprochen wird: »im eigenen Interesse«.

Wieder entsteht nicht ein Gespräch, sondern ein Vorurteilstausch. Manche, die ihre Kinderfüße unter dem Tisch von Eltern der zweiten Generation hatten, geben vor, stolz zu sein, und so weiter. Sie bringen ihre Eltern nicht mit vielen Sätzen in Rage, jedoch mit diesem. Gesprächsmuster ist wiederum jenes der einschnappenden Reflexe, das die Nachkriegsjugendlichen bereits ihren Kriegseltern aufzwangen. Die Provokation funktioniert über Anspielungen auf das Dritte Reich. Diese Parolen, deutsche Polizisten seien Mörder und Faschisten, oder jemand sei stolz, Deutscher zu sein, sind Übertreibungen, Schlagzeilen, die in Momenten auftauchen und wirken, in denen mit der vernünftigen Rede niemand zu erreichen ist. Einschnappende Reflexe der anderen erreicht man mit Parolen. Wie die zweite Generation von der ersten aufgefordert worden war, in den Osten zu gehen, so brüllen nun nicht weniger Menschen der zweiten Generation ihr »Nazis raus«. Dies kann der Mensch der zweiten Generation jedoch nicht mehr reflektieren, wenn er mit einem Stolzen der dritten Generation zusammensitzt und ihn gerade das Weltverantwortungsgefühl überfallen hat.

Negative Nationalisten sind nicht erwachsen geworden, haben sich nie recht von Papa gelöst, dem Vater Staat, und bleiben staatsfixiert. Ihre Argumentation ist infantil: Vater, deinetwegen muß ich leiden! Weil du mir keine Handschuhe gekauft hast, muß meine Hand erfrieren!

Keine Generation ist ähnlich geprägt von dem Anspruch, wieder gut zu werden, wie die zweite. Keine ist derart aufs Dritte Reich fixiert. Sie provozierte ihre Eltern mit diesem Thema, und sie läßt sich nun, durch ihre Kinder, von demselben Thema provozieren.

Wie man dieses Schicksal umdeutet, macht ein Schriftsteller der zweiten Generation vor: Er sieht vor sich eine Nazigeneration. Seine Leute sieht er als die Aufgeklärten. Nachwachsen nun wieder junge Nazis. Er folgert, daß die zweite Generation alles richtig gemacht habe, außer daß sie ihren Antifaschismusbegriff offensiver hätte propagieren müssen. Sonst gäbe es in der dritten Generation nicht so viele Querulanten. Freispruch! Eine gute Generation zwischen zwei schlechten.

IV

In dem Moment, da der Fremdenhaß sich ungeniert austobt, drängt immer mehr die Fremdenliebe ins Bild. Sie ist fürs Bewußtseinsmenü des guten Menschen unerläßlich. Fremdenliebende sind eingebildete Kosmopoliten. Sie sind mancherlei, nur eines nicht: Deutsche. Da sie Deutschland aus den bekannten Gründen einmal hassen mußten und davon nie recht loskamen, entdeckten sie – wie in Notwehr – ihre Liebe für fremde Länder, logischerweise für Befreiungsbewegungen auf der anderen Seite der Erde. Eritrea und Nicaragua wurden vertrauter, als Stralsund und Bautzen es jemals werden konnten.

Wer aus seinen Erfahrungen nicht lernt, ist dazu verdonnert, sie mehrfach zu machen. Im Herbst 1991 vertrieben Bewohner des sächsischen Hoyerswerda dort wohnende Asylbewerber. Wochenlang wurden Nacht für Nacht Wiederholungsanschläge aus der gesamten Republik gemeldet. Seit Hoyerswerda ist der neue Rechtsextremismus unübersehbar; es wurden Sendungen gemacht und Aktionen gestartet, die dem offenen Rassismus entgegentreten wollten.

Jede Talkshow mußte das Thema einmal durchnehmen. Moderatoren und Redakteure waren sich unabgesprochen einig, daß es an der Zeit sei, nicht *mit* Rechten zu sprechen, sondern *über* sie. Eine der wenigen Ausnahmen war das Frauenmagazin Mona Lisa, das eine NPD-Politikerin eingeladen hatte zu sagen, was sie denkt. Dort saßen andere, die ihr widersprachen. Es könnte das Normalste sein; es war eine Ausnahme.

Außer Kontrolle geriet ein ARD-Brennpunkt, logischerweise live vom Marktplatz in Hoyerswerda übertragen. Um eine authentische Kulisse zu gewährleisten, wurden in den hinteren Reihen rechtsradikale Skinheads geduldet. Natürlich meldeten sie sich manchmal singenderweise; die selbsterfüllt gepeinigten Moderatoren meinten, dafür empört-entschuldigende Worte finden zu müssen. Im Dreitagetakt luden Redakteure mit dem Denkzwang, gegen rechts etwas tun zu müssen, aus dem Fernsehen bekannte und angesehene Nichtdeutsche in die Sendungen ein, um sich x-mal bestätigen zu lassen, daß wir kein ausländerfeindliches Land seien. Es soll beruhigen, wenn Ron Williams sagt, er persönlich habe als Ausländer noch nie Probleme in Deutschland gehabt.

Ein Jahr später, flankiert von einer schamlosen Asyldebatte sowie von inzwischen demonstrativ gewordener Fremdenliebe, vertrieben Bewohner aus Rostock-Lichtenhagen dort wohnende Asylbewerber; mehr als drei Monate lang gab es allnächtlich Wiederholungsanschläge. Diese Erfahrung mußten die Deutschen zweimal machen, denn sie hatten nicht gelernt nach dem ersten Mal. In jenen elf Monaten zwischen Hoyerswerda und Rostock schienen sich der Ausländerhaß und die Ausländerliebe lediglich verschärft zu haben. Zwei Schwachsinnsfraktionen wollen voreinander recht behalten und bemerken nicht, daß sie munter am Sarg der Demokratie zimmern. Das Land scheint nur mehr aus Pyromanen zu bestehen. Die einen werfen Brandsätze, die anderen halten Kerzen. Ron Williams sagt nun, er sei in München angepöbelt worden.

München, Hamburg und Essen leuchteten im

Kerzenschein von Lichterketten. Frankfurt und Berlin rockten gegen rechts. Opel und Tengelmann riefen in großformatigen Anzeigen zu Toleranz auf. Die Fußballspieler der Bundesliga trugen einen Samstagnachmittag lang Trikots mit dem Slogan »Mein Freund ist Ausländer«. Es gab Musik gegen Fremdenhaß und Tanz gegen Rassismus. Die SPD forderte »Toleranz – damit nicht noch mehr kaputtgeht«. Die Tips der Zeit hießen »Kaufen Sie Obst beim Türken« oder »Setzen Sie sich in der U-Bahn das nächste Mal neben einen Afrikaner«. »Ohne Fremde sind wir allein« hörte ich, und las: »Alle Menschen sind Ausländer«. »Deutschland halt's Maul« las ich dann, und: »Ausländer, laßt uns mit diesen Deutschen nicht allein«. Und: »Ausländer rein, Rheinländer raus«. Und: »Wenigstens ein Deutschland weniger«. Eine Zeitschrift machte eine Kampagne mit dem Titel »Ausländer her«, die einen Ausländeranteil von zwanzig bis dreißig Prozent propagierte, »um den nur schwer zügelbaren Mob davon abzuhalten, auf eine kleine Minderheit einzuprügeln«.

Bis auf wenige Ausnahmen sind die eben erwähnten Überschriften und Parolen nicht, wie man denken könnte, nach Rostock entwickelt und ausgerufen worden, sondern ein Jahr vorher, nach Hoyerswerda. Die Ausländerliebe setzte flächendeckend im Herbst 1991 ein. All diese Kampagnen und Parolen haben die Absicht, etwas gegen den aktuellen Rechtsextremismus zu unternehmen. Da wir inzwischen wissen, daß es Rostock und die folgenden Anschläge gegeben hat, läßt sich nun feststellen, was vorher zu vermuten war: All diese Kampagnen taugen zu nichts besser, als ihre Verkünder vor sich selber aufzuwerten. Der böse deutsche Mensch aber ließ sich nicht durch gutes Zureden davon abhalten, böse zu bleiben.

Einige Wochen lang redete man über ein Plakat mit Namen prominenter Deutscher und der Überschrift »Ich bin Ausländer«. Von zuständiger Seite wurde mir erzählt, daß es hier darum ging, Ausländerfreundlichkeit als ein Produkt anzupreisen wie zum Beispiel Waschmittel. Jeder weiß, daß diese Menschen keine Ausländer sind. Wir wissen, daß es einen Unterschied zwischen travellerschecksbehangenen Touristen und politischen Flüchtlingen gibt. Das Plakat sollte Aufmerksamkeit dadurch erregen, daß diese Unterscheidung nicht eingehalten wurde. Das ist geschafft worden. Hans Magnus Enzensberger nennt diese Art der Werbung »lügenhaft« (als gebe es eine andere).

Ein Rockkonzertveranstalter sah sich gleich nach Hoyerswerda einhundertzwanzig Musikgruppen gegenüber, die beim »Rock gegen rechts« in der Deutschlandhalle spielen wollten. Aus Zeitgründen konnten nur zwölf Bands auftreten. Seitdem hat der Mann einhundertundacht Musikgruppen zum Feind. Und nicht nur das. Weil türkischen Jugendlichen bei dem Antirassismuskonzert kein freier Eintritt gewährt wurde, beschimpften sie den Veranstalter als Ausländerfeind. Noch einmal, sagte er, würde er so etwas nicht machen. Nach Rostock war von ihm nichts zu hören.

Die Gegner der Rechten sind sich nicht einig. Die einen wollen die Steinschmeißer nur noch verhauen; die anderen wollen mit Diskussionen verhindern, daß jemand den Steineschmeißern Beifall klatscht.

Obwohl beide gegen rechts sind, müssen sie sich verschieden verhalten, um zum gleichen Ziel zu kommen – und erkennen sich dabei als Gegner. Den einen kann man vorwerfen, die aktuelle Gefahr zu verharmlosen, den anderen kann man vorwerfen, sie zu monsterisieren.

Zur Zeit scheint jede Reaktion eine falsche zu sein. Entsprechend der Lethargie des vergangenen Jahrzehnts, als der neue Rechtsextremismus sich entwickelte und in die Mitte schwappte, als keiner was merkte und alle ihrem Achtzigerjahrespaß nachgingen, wird nun gehandelt, als habe man keine Sekunde Zeit mehr zu überlegen, was zu tun sei. Natürlich tut man das Falsche, wenn man nicht überlegt, was man tut. Die demonstrative Fremdenliebe ist eine typische erste Reaktion, der Reaktionen folgen müßten, die beiden Seiten gerecht werden. Dazu kommt es meistens nicht. Alle bleiben auf dem infantilen Trotz- und Jetzt-erst-recht-Niveau. Die sogenannte Asyldebatte und die Radikalisierung auf der Straße sowie die multikulturellen Abwiegelungen haben sich über Jahre hingezogen. Ende nicht in Sicht.

In den ersten Jahrzehnten nach dem Krieg mußten die jungen Deutschen mit den Altnazis fertig werden, und sie haben es geschafft. Eine Generation später müssen wir mit den altgewordenen Nachkriegsjugendlichen fertigwerden, mit ihrer Fixiertheit aufs Dritte Reich. Ich finde es angebracht, über die Fremdenliebenden zu lächeln wie über die Apokalypsebeschwörer, die sie zehn Jahre vorher waren, oder über die Systemveränderer, die sie vor zwanzig Jahren waren. Sie haben es alles nur für Papa getan, der nicht geredet hat, und längst befinden sie sich auf dem Gänsemarsch durch die Stellenpläne der Institutionen. Deutschland war einmal voller Kriegsinvaliden. Jetzt ist Deutschland voller Nachkriegsinvaliden.

V

Nach der Brandwoche von Rostock-Lichtenhagen klingelte mein Telefon öfter. Ich wurde eingeladen, vorzulesen und zu diskutieren. Ob in Karlsruhe, in Bremen, in Köln, Aachen oder im Bayerischen Wald, ob in Berlin-Mitte, in Konstanz, Hamburg oder Frankfurt: überall erzählte man sich, »hier in der Gegend« gebe es nur eine Handvoll Rechtsextremisten, die man persönlich kenne und unter Kontrolle habe. Diese notorische Behauptung entspricht allerdings der notorischen Berühmtheit kleinster Orte in der Republik, nachdem Rechtsextremisten in ihnen ihre Spur hinterlassen haben. Als ich diese Beruhigungsformel in Konstanz hörte, las ich am nächsten Morgen von Grabschändungen in Überlingen, auf der anderen Seite des Bodensees. Warum waren die Erwachsenen, die diskutierten, so langweilig, warum die Schüler aufregend? Nur in den Schulen gab es Ansätze zu der gesellschaftlichen Rede, die zu dem Thema gehört. Nur dort wagten manche, sich nicht als bessere Menschen darzustellen, forderten härtere Strafen, Vollbeschäftigung für Nazis, verurteilten diese Vorstellungen sogleich und waren schließlich so ehrlich zu sagen, daß ihnen das alles am Arsch vorbeiginge; sie seien in der Schule, um an ihrer Karriere zu basteln, basta. Erwachsene dagegen schienen mit dem Vorsatz zu kommen, ihre guten Absichten zu verbreiten. Ihre Menschenfreundlichkeit mitzuteilen. Dann wird jedoch alles wie weichgespült, und das Gespräch hat keine Konturen mehr vor lauter Güte. Sie beruhigten sich nur gegenseitig, bevor sie am nächsten Morgen beim Zeitunglesen wieder aufschrecken würden. Und dann die Konflikte der Menschenfreundlichkeit! Sie sind für hartes Durchgreifen, Ausschöpfen der Gesetze, wie es heißt, haben aber Bammel zu fordern, die Gefängnisse müßten voller werden. Sie sind immer schon gegen den § 129a StGB gewesen, wollen aber nun, daß er gegen Rechtsextreme angewendet wird. Sie fordern das absurde Bleiberecht für alle, sitzen aber selber in Regierungen und tragen Beschlüsse mit, die das Gegenteil durchsetzen.

Also danke ich jenen, die, ohne es zu wollen, das Tabu der sich für aufgeklärt haltenden Menschen aufgezeigt haben, die bei solchen Diskussionen sich versammeln: Jener Frau aus gutsituiertem linkem Haushalt, die es nicht wagte ihrem Mann zu sagen, daß ein Asylbewerber ihr die Geldbörse geklaut hatte, nachdem sie sich aus lauter Menschenfreundlichkeit in die Mitte einer Gruppe von Asylbewerbern gestellt und eine gute Deutsche gemimt hatte. Oder jene, die in einem Asylbewerberheim arbeitet und öffentlich sagte, sie habe täglich Angst, zur Arbeit zu gehen, einer Kollegin sei Gewalt angetan worden. Sie haben Reaktionen provoziert, die nicht abgesprochen waren.

Junger böser Mensch, so werde doch wieder gut, raunen die guten Menschen, und das macht den jungen Menschen natürlich bös. Die Lösung wird zum Problem. Der gute Mensch ist gespalten, der böse nicht. Das ist sein uneinholbarer Vorsprung. Während der gute Mensch sich immer in der Abwägung des Guten gegen das Böse befindet, hat der böse Mensch nichts zu wägen. Er ist böse.

VI

Auf einer Bühne wird die besondere Stellung eines Königs nicht durch das Gebaren des Königs selber sichtbar. Erst Untertanen, die sich wie Untertanen verhalten, machen aus diesem Kostümierten einen König.

Gute Menschen kommen nicht zum Zug ohne böse Menschen. Erst diese bringen sie in Hochform. Das ist das halbe Dilemma. Gute Menschen sind reaktive Charaktere, die vom Bösen leben und von ihm abhängig sind. Ohne Beschwörung des Bösen haben sie kein Thema: Der Große Bruder, SDI, Ronald Reagan (der wiederum »Das Reich des Bösen« benennen mußte), Helmut Kohl, Deutsche

Einheit. Gute Menschen postieren sich als Mahner und Warner, als Experten der moralischen Langzeitwirkungen politischer Gegenwartsentscheidungen. Die Schwerkraft ihrer Argumente ist kaum zu orten, nur zu spüren, daß sie »über den Tag« oder »über den Tellerrand« hinaus zu denken vorgeben. Hervorgekehrt wird die scheinbare Bildung, »gesamtgesellschaftlich« oder »global« zu denken, und damit der eigene Bildungsvorsprung. Die andere Hälfte des Dilemmas ist, daß böse Menschen erst richtig böse werden, wenn gute Menschen ihnen zu beweisen versuchen, warum sie etwas falsch machen. Spätestens wenn eine der dummen Unterstellungen der Gebildeten kommt, eine Stigmatisierung, ein Vorurteil, wird dem bösen Menschen aufs neue sein Ort klar.

Längst ist der negative Nationalismus Bestandteil des Alltagslebens. Nun wird an dieser Haltung der Fluchtcharakter offenbar.

Ihre früheren Themen hatten immer etwas Zugespitztes, Übertriebenes. Seit 1990 geht es nicht mehr um Zukunftsängste als Fortphantasierung des Jetzt, sondern um die Gegenwart. Und zu erwarten ist nicht eine Katastrophe, ein Ende, sondern ein Neuanfang, ein Aufbau (der Katastrophen nicht ausschließt). Angesichts der neuen Fragen erscheinen alte Antworten verschimmelt wie nie.

Das einzige Argument, das ich als Kritik an der

deutschen Einheit hörte, war, daß ein großes Deutschland gefährlich werden würde. Negative Chefnationalisten bleiben seitdem auf dieser Position sitzen und rühren sich nicht. Jedes Problem, das der Einigungsvorgang mit sich bringt, gibt ihnen recht. Sie beteiligen sich nicht an der Debatte, wie dieses unvermeidlich große Land in Zukunft aussehen und funktionieren, wie es beherrschbar sein soll. Sie wenden sich ab und überlassen die pragmatischen Antworten denen, von denen sie sich griesgrämig abwenden. Was sonst ist Trotzverhalten? Gibt es ein Problem zu beklagen, sind sie die ersten, die das tun. Gibt es eines zu lösen, sind sie fort. Eines Tages wurde aus ihrer Kritik Nörgelei. Am wenigsten lassen sich Nationalisten und ihre seitenverkehrten Abziehbilder von einer sich verändernden Wirklichkeit irritieren.

Da es sich aber nicht um ein Gesellschaftsspiel handelt, auch nicht um einen Roman, sondern um die Frage, ob wir noch Lust auf oder Einsicht in die Notwendigkeit von Demokratie haben, ist der negative Nationalismus zu einem Risiko geworden. Seine Vertreter reden ähnlich verschleiernd an der zu stellenden Frage vorbei wie ihre politischen Gegner.

Immer klarer ist zu erkennen, daß das notorische »Deutschland? Nein danke« ebenso destruktiv ist wie die Haltung eines Nationalismus. Dies sind Fluchthaltungen angesichts der Frage, die hinter den vorgegebenen Fragen die gültige ist: Nimmt dieses große und nicht mehr besetzte Land international seinen ihm zustehenden Platz ein oder nicht? Ohne Größenwahn, ohne Verkleinerungszwang. Können wir Wanderungsbewegungen Wanderungsbewegungen nennen, oder wählen wir eine Bezeichnung wie Parasit, die unsere Angst und nicht den Tatbestand bezeichnet? Können wir protestierende Jugendliche protestierende Jugendliche nennen oder sind wir so schwach, »Neonazis« beschwören zu müssen?

Gefährlich an diesem Typus des negativen Nationalisten oder eingebildeten Kosmopoliten kann sein, daß er vor lauter Gegnerschaft die Suche nach einem Ort des Kompromisses versäumt. Er läuft Gefahr, die Akzeptanz nationalistischer Inhalte nicht nur nicht zu bemerken, sondern durch das Nicht-ernst-Nehmen indirekt zu fördern.

Es gibt genug Verrückte, die sich die Köpfe einschlagen. Jetzt kommt es darauf an, Positionen zu finden, die aus der paradoxen Kommunikation der Generationen hinausführen, damit endlich über die Dinge selbst gesprochen werden kann und nicht mehr stellvertretende Themen wie Ausländer ja oder Ausländer nein vorgeschoben werden.

Die einen denken, endlich sind wir wieder wer, die anderen denken, seitdem dominiert der Größenwahn die Tagesordnung. Warum einer der beiden Seiten folgen? Wie kann ich ausdrücken, daß ich gegen dies und das bin, ohne zum Pyromanen zu werden, ohne Brandsätze oder Kerzen anzuzünden? Zu finden ist die zivil lebbare Position.

VII

Ich treffe Menschen, die nicht an den Krieg erinnert werden wollen. Ich treffe Menschen, die sagen, der Krieg verpflichte die Nachgeborenen. Und ich treffe Menschen, für die der Krieg nichts von heute ist und die aus Unbefangenheit auf Unbefangenheit pochen. Alle Haltungen sind verständlich, alle leiten sich aus der Geschichte ab. Keine leugnet diese Geschichte. Jede antwortet auf sie. Was will man mehr? Der normale und denkbar beste Fall ist, daß diese drei Generationen ihre Haltungen einander mitteilen. Das geschieht nicht. Immer wieder wird die Rede durch ideologisches Fingerhakeln ersetzt.

Was fehlt, ist Einfühlung in Menschen ohne Ansehen der Ideologie. Meistens wird politikmorbid reagiert, indem das Links-Rechts-Schema wiedergekäut wird. Zu oft ist die erste Antwort die falsche, zum Beispiel der bildungsbeladene Verweis auf Dritte Welt oder Drittes Reich. Erst Einordnung, dann Aburteilung. Da selbst den »schlichtesten

Gemütern« (einer der Lieblingsausdrücke der Bildungsvorsprüngler) schwant, daß das nicht alles sein kann, setzen sie nach dem ersten Mißlingen auf die Betrachtung von Einzelfällen. Was aber kann der einzelne ihnen nun noch glauben?

Die Intelligenz hat keine intelligenten Vorschläge anzubieten, wie man einen Ton findet mit denen, die einen Stolz behaupten, Deutsche zu sein. Vielmehr wird dieser Bildungsvorsprung dreist mit ausgespielt, um die, die in der Regel über Bildung nicht verfügen, ihres Rückstandes zu überführen. Viele unserer aufgeklärten Menschen halten nur sich selbst für aufgeklärt und würden dies keinem zugestehen, der sich von Fremden belästigt fühlt.

VIII

Walter Jens auf der Bühne der Akademie der Künste, Berlin. Zwei Beispiele erzählt er. Jugendliche sehen Frühstücksfernsehen ohne Frühstück und verhauen sich danach. Ebenso schlimm findet Walter Jens, daß Menschen, die dies benennen, neuerdings mit dem Schimpfwort »gute Menschen« versehen würden. Daß »gute Menschen« zum Schimpfwort werden könne, sei ein Hinweis auf die »Verrohung des Menschengeschlechts«.

Ich bin nicht geneigt, »gute Menschen« zu beschimpfen. Vielmehr muß auf ein Schicksal aufmerksam gemacht werden. Das Schicksal von Menschen, die geprägt sind von nichtsprechenden Eltern, so daß sie den Eltern, wenn sie dann sprachen, nichts mehr abnehmen konnten. Aus diesem Stoff waren die privaten Impulse, die zu »1968« führten. So wie die Kriegsgeneration das Schicksal hatte, am Krieg teilhaben zu müssen, so hatte die Nachkriegsgeneration das Schicksal, am Nachkrieg teilzuhaben, ihr lebenslang gültiges Koordinatensystem in dieser Zeit entwickelt zu haben. Dies bedeutete, daß sie gezwungen war, ebenso eine Generationenrevolte anzuzetteln, wie auch, ihre Positionen gegenüber Nachgeborenen zu verteidigen. Das Schicksal der guten Menschen wird erkennbar, seit unüberhörbar ist, daß deren Argumente etwas Anachronistisches haben, weil die Gesellschaft den Zeitraum »1968 und danach« verläßt. Jetzt erst zeigt sich die Beschränkung ihres Denkens in ganzem Maße. Jetzt sind sie erkennbar als jene, die in ihrer einen alten Zeit leben. Und wie freundlich werden sie doch bezeichnet, wenn man ihr Schicksal jenes der guten Menschen nennt. Sie tun auch Böses; aber eben immer aus guhten Gründen.

V

Nachwort 1992

Michael Girke im Gespräch mit Bodo Morshäuser

In einem älteren Verlagsverzeichnis findet man noch den Titel »Abrechnung in Kellinghusen«. Das Buch heißt jetzt »Hauptsache Deutsch«. Beschreibt das zwei verschiedene Bücher? Wie kam es zu »Hauptsache Deutsch«?

Als ich die journalistische Fleißarbeit beendet hatte, sollte das Buch »Abrechnung in Kellinghusen« heißen. Es ging aber nicht nur um Kellinghusen. Kellinghusen war Beispiel für eine Unfähigkeit der Deutschen, mit ihrer Vergangenheit bzw. mit den gegenwärtigen Erscheinungsformen ihrer Vergangenheit umzugehen. Da war es meine Pflicht zu warten und die Hintergründe dieses vordergründigen Kellinghusens rauszukriegen.

Am Anfang steht als Leitmotiv ein Zitat: »Alles, was jetzt rechts passiert, wurde links versäumt«. Darunter steht Emann *als Zitierter. Wer ist das? Den Satz verstehe ich nicht.*

Das ist ein Freund. Einmal hat der diesen Satz gesagt, das war nach Hoyerswerda. Ich muß ihn so zustimmend angesehen haben, daß er den Eindruck bekam, er hätte mein ganzes Buch zusammengefaßt mit diesem Satz. Und wenn du den Satz nicht verstehst ... Das ist nicht meine Sprache. Das ist eine Parole. Und die Parole ist nicht falsch. Die Linken haben den Begriff der Nation, des Deutschen, des Nationalen umschlichen wie die Katze den heißen Brei. Es ist links versäumt worden, sich mit dem Nationalen, was es auch sei, gewesen sei oder jetzt ist, zu beschäftigen.

Die Figur des Protestlers taucht öfters bei dir auf. Zitat: »Gegen meine Eltern und ihresgleichen konnte ich mich auflehnen, wenn ich mich für links ausgab ... Der junge Protestler hat so gesehen keine Wahl, zu welcher Seite er sich hinbehauptet, es muß auf jeden Fall die andere sein. Nur dort, im Unterschied, lockt Identität.« Du siehst die Trotzreaktion gegen die Eltern oder Institutionen quasi wie ein Naturgesetz: Junge Leute machen immer das Gegenteil. Ich mache nicht immer das Gegenteil von dem, was meine Eltern machen.

Die protestierenden Jugendlichen der Nachkriegsgeschichte haben sich von den Werten der Erwachsenenwelt unterscheiden müssen, zum Beispiel die sogenannten 68er. Wenn man mit den Bildern der Erwachsenenwelt nicht konform gehen kann, dann sucht und findet man Unterscheidungsrituale, die einem dann eine Identität verschaffen – im Unterschied zu Menschen, die einem bis vor kurzem noch gesagt haben, was man zu tun hat. Und dann hat man die Chance, dies konträr zur Erwachsenenwelt durchzusetzen. Diese Menschen nenne ich Protestler.

Womit ich Schwierigkeiten habe, das ist diese blinde Gesetzmäßigkeit. Du sagst zunächst Protestler *und erweiterst den Begriff hinterher zur* Generation. *Wenn ich sage, ich kenne sehr viele andere Geschichten, dann, um auf das Widersprüchliche und Komplexe hinzuweisen, das keine hingeschriebene Generation ergibt. Man weiß doch, daß einige RAF-Eltern keine Nazis waren, sondern evangelische Pastorenfamilien.*

Aber an der gleichen Stelle im Buch steht, *Generation* zu sagen, sei eine Vereinfachung. Das war mir klar. Ich wollte ein typisches, sich wiederholendes Moment damit bezeichnen. Es gibt natürlich nicht *die* Aussage über alle Menschen *der* Republik. Um den kruden, spröden Gedanken zu sagen, muß man ja erst einmal vereinfachen. Dann kann man sagen, das ist eine Vereinfachung. Als solche gekennzeichnet, ist sie brauchbar.

Ist der Protestler nicht eine typisch erwachsene, in Siebziger-Soziologen-Sprache gezwängte Wahrnehmung von Jugendlichen? Entsprechend den berühmten wilden Jahren, dem Sich-die-Hörner-Abstoßen, dem Rebell-Sein? Eine Denunziation, die nie beschreibt, was eigentlich passiert mit sogenannten Jugendlichen, wie Menschen wachsen, sich verändern, was mit den Körpern passiert, was dann ja gar nicht nur auf Jugendliche begrenzt bleibt.

Aber wenn wir uns zwischendurch mal die Wirklichkeit anschauen: die Straßenkämpfe Ende der Sechziger, Anfang der Achtziger und heute. Die da aktiv sind, wie alt sind die denn? Haben alle Generationen Häuser besetzt? Schmeißen alle Generationen Brandsätze in Asylantenheime? Ich habe unter anderem deswegen gesagt, die würden protestieren, um nicht sagen zu müssen, das seien Neonazis, Faschisten, Mob, Pöbel, Idioten, Verrückte, Spinner und was wir jetzt alles hören. Ich war verpflichtet, Ausdrücke zu finden, die wieder mehr an die Sache rankommen. Weg von diesen moralischen Empörungen.

Mit deinen Modellen versuchst du ja zu erklären, wie einer wird, was er ist. Eine Ewigkeitsfrage: Wie wird man der, der man ist? Du sagst: Man protestiert und grenzt sich ab. Man hat keine Wahl, man wird das Gegenteil. Das sagt mir nicht, warum einer KZ-Wächter wird und ein anderer nicht.

Ich kann nur sagen, daß man nicht unterschätzen sollte, wer sich alles als Protestler fühlt. Angenommen, man würde irgendwelche Leute fragen, ob sie möchten, daß sich was in der Gesellschaft verändert. Achtzig bis neunzig Prozent würden sich als Gesellschaftskritiker sehen. Aus guten Gründen, aus einem guten Gewissen heraus würden sie sagen, was man ändern müßte. Die Gesellschaftskritiker sind eigentlich die Mehrheit.

Auf Seite 149 zitierst du Norbert Elias: »Es ist nicht unwahrscheinlich, daß die völlig uneingeschränkte Verurteilung der Bundesrepublik durch Mitglieder der Opposition und besonders auch der terroristischen Gruppen unter anderem mit diesem Ausfall eines positiven nationalen Wir-Bildes zusammenhing.« Meine Frage ist, ob Nation in deinem Erfahrungsschatz eine Rolle spielt. Ist das eine Bezugsgröße für dich?

Welche Rolle es für mich spielt, steht an anderen Stellen des Buches. An den persönlichen Stellen. Das sind Geschichten von früher, Lehrern, Eltern. Das Zitat sagt, daß die Linke in der BRD das Angebot angenommen hat, mit dem Nationalsozialismus nichts weiter zu tun zu haben, indem sie an den Marxismus glaubte, der das einzige Gedankengebäude war, das den, der sich damit anfreundete, vom Faschismusverdacht, von einer Verstrickung mit seiner Vergangenheit freisprach. Das Zitat markiert die Macke der zweiten Generation.

Es gibt bei dir eine Beschreibung und Analyse, aus der heraus du einforderst, sich diesem Begriff Nation auf eine positive Art zu nähern. Es gibt ja überall dieses Stichwort: gesunder Nationalismus. Bei mir ist da eine Leerstelle. Ich weiß tatsächlich nicht, was das ist, Nation.

Dann bist du ein typischer negativer Nationalist, der sich immer noch schämt, daß er sich nicht schämt.

Ich schäme mich nicht. Meine Erfahrungen sind aber sehr verstreut. Ich bin viel rumgekommen, habe einiges gemein mit englischen, amerikanischen, französischen, italienischen jungen Menschen. Ich höre deren Musik, lese deren Texte und Theorien, habe mit einigen was erlebt. Die Trennlinien und das Verbindende liegen doch ganz anders, als es die Nation vorsieht.

Sprechen denn die englischen und amerikanischen Jugendlichen nicht darüber, wie sie die deutschen Jugendlichen oder Deutschland sehen?

Ich habe einen Freund in San Francisco, der hat nie gesagt, du bist doch einer von denen, ihr habt doch das und das gemacht. Der fragt, was los ist, was machen Kraftwerk? *Ich habe nie bemerkt, daß einer wußte, wer ich bin, bevor ich selber in Erscheinung trat. Außer bei Älteren. Bei einem Frankreichbesuch, da wurden Deutsche in einem Lokal nicht bedient. Die Fahne bedeutet mir nichts, die Hymne, dieser ganze Klimbim. Als Kinder haben wir mehrheitlich über diese Leute gelacht, deren Steifheit, deren blöde verkrampfte Gesichter, wie auch im Gottesdienst. Heute würden sie uns wieder rausschmeißen. Darüber lachen ist außerhalb eines von der Gesellschaft für das Lachen vorgesehenen Rahmens seit 1989 wieder schwierig geworden. Ich bin aus Deutschland, aber die sich deutsch nennen, wollen einen Deutschen wie mich nicht.*

Während der Arbeit an »Hauptsache Deutsch« und während der Beobachtung der laufenden Diskussion fehlte mir immer, daß die Leute, die über Rechtsextremismus reden, sich selber im selben geschichtlichen Kontext begreifen. Mein Eindruck war und ist weiterhin, daß in erster Linie diese spezielle deutsche Geschichte spricht, zur Debatte steht, wenn über Hoyerswerda oder Rostock rumdiskutiert wird. Und daß auch die Hochempörten nur empört sind, weil es diesen geschichtlichen Zusammenhang gibt. Und gleichzeitig wird dieser Zusammenhang dauerhaft nicht zur Kenntnis genommen. Zum Beispiel wenn man sagt, das seien Spinner, Verrückte, Idioten. Die kommen vom Mond und gehen auch wieder zum Mond. Du nimmst *Nation* zu wortpingelig. Es geht um das, was ich gerade beschrieben habe. Es geht ums *Deutsche*. Deswegen »Hauptsache Deutsch«. Ich wollte all diese Sachen der Diskussion hinzufügen.

So war meine Lesart deines Buches. Ein Versuch, eine Sprache zu finden, gleichzeitig aus einer Distanz und Nähe über das Deutsche zu sprechen, jenseits von Polen wie rechts/links, moralisch/unmoralisch, politisch/unpolitisch, wissenschaftlich/naiv, jenseits der herrschenden Rede. Aber meine Frage war die nach dem Zitat zur Leerstelle Nation bei der zweiten Generation. Ich dachte: »Aha, er läßt jemanden dazu sprechen, hat er da vielleicht auch eine Leerstelle?« Was kann man sagen zur Nation?

Da steht, daß ich kurz eine Ahnung davon bekomme, was Bewältigung sein könnte, nämlich eine

Auseinandersetzung mit dem Nationenkloß (liest vor): »Soll es doch verrecken, das Schwein, sagte mein linksliberaler Gastgeber. Kühnen sei ein Fall für die Psychiatrie, aber im Rechtsstaat sei es leider schwer, solche Leute aus dem Verkehr zu ziehen. Ich antworte nicht, die Falle lauert. Er selbst könne gegen solche Sätze scharf vorgehen, sagt er dann; ich lasse es.

So lebt das Gespräch wieder auf, und kurz bekomme ich eine Ahnung, was Bewältigung sein könnte: du versteckst deinen Hirnschrott nicht, kontrollierst ihn nicht intern, sondern im Gespräch. Du läßt das Verdammte raus und läßt mit dir verhandeln, wozu der andere freilich dableiben muß. Und damit überforderst du Ideologen; wenige einzelne sind es, die das demokratische Prinzip des Verhandelns überhaupt annehmen, wenn es ums Deutsche geht.«

Das ist mein Programm: Raus mit dem Scheiß. Laß uns mal fünf Minuten Rassist sein und mal richtig erzählen, was hier los ist und was uns nicht gefällt. Das finde ich besser, als nur intelligent oder intellektuell diese Dinge zu sehen. Diese Blödheiten rauslassen, sich an den Kopf fassen und noch mal von vorne anfangen.

Wenn irgend jemand sich wohl fühlt dabei, Ausländer im Insektenvokabular zu beschreiben, dann doch, weil er sich ausagiert, sich bestätigt. Der fragt doch nicht, uuh, was mache ich hier eigentlich?

Selbstwahrnehmung war immer schon eine Spezialität von Leuten, die mehr über ihre Existenz wissen wollen und über sich selbst. Das ist ja nicht die Freizeitbeschäftigung der Mehrzahl der Bevölkerung. Das machen Menschen, denen es nicht reicht, in ihrer Haut zu stecken, die auch noch wissen wollen, wie es in der Haut von jemand anderem ist. Selbstwahrnehmung ist etwas Kühles. Das ist nicht herzenswarm, das ist auch erschreckend. Man sitzt, wie wir beide jetzt, im Lokal. Alles ist gut. Plötzlich sieht man, daß man sich im Spiegel sehen kann und wie man aussieht, während man agiert. Selbstwahrnehmung ist mit einem Schrecken verbunden. Man fühlt sich in sich selbst wahrscheinlich schöner und geschlossener. Wenn man mein Buch aufmerksam liest, findet man, daß die Skinheads in Kellinghusen vorsichtiger wurden, als sie von Linken eins auf die Fresse bekommen haben; daß die Probleme im Haus der Jugend nachgelassen haben, als die neuen Juso-Vorsitzenden sich weigerten, von Skinheads überhaupt zu reden und das Haus der Jugend wiedereröffneten. Jetzt ist es offen. Es gibt also Stellen und Orte. Da sind im Buch verstreut Hinweise, welche Handlungen mir gefallen haben, welche Handlungen zum Nachlassen dieser Angriffe geführt haben. Aber es ist eben kein *Wie-werden-wir-eine-friedliche-Gesellschaft*. Aber es ist ein Appell an politischen Pragmatismus im Gegensatz zum ideologischen Rumbollern.

Was ist noch gleich Pragmatismus?

Pragmatismus heißt, die emotionale Schwerkraft der Gedanken nicht überhand nehmen zu lassen angesichts von Problemen, die man lösen muß. Der gut verständliche moralische Protest wegen Hoyerswerda und Rostock nützt überhaupt nichts, finde ich völlig uninteressant, wenn nicht etwas getan wird, damit die Menschen nicht mehr zu Rechtsextremisten, die in der zweiten Reihe Beifall klatschen, erzogen werden. Daß man politische Lösungen zu finden hat. Das deutsche Problem mit den Asylbewerbern entstand ja deswegen, weil der politische Pragmatismus nicht in der Lage war zu verhindern, daß sich die Zahl der Asylbewerber von Jahr zu Jahr verdoppelte.

Du glaubst, daß in der »Nation« einem Links- oder sonstwie Intellektuellen mit einem Suhrkamp-Einband um das, was er zu sagen hat, irgendeine Beachtung geschenkt wird?

Die entscheidenden Leute basteln ja daran herum, daß das Problem überläuft. Die entscheidenden Leute, die machen große Fehler im Moment. Das wissen sie, da klagen sie schon drüber. So geht es einfach nicht. Rostock ist der gleiche Fall wie Hoyerswerda gewesen: Wohnsiedlung, Asylbewerber in so einem Haus mittendrin. Was halte ich von Politikern, die einem jahrein jahraus erzählen, sie machen und machen, und gleichzeitig wird wieder genau so eine Stelle eingerichtet. Das ist für mich politische Strategie, daß dieses Problem, wenn es im Parlament nicht die Zweidrittelmehrheit gibt, so gelöst werden muß. Das ist in meinen Augen die Politik der CDU in den letzten Jahren gewesen. In erster Linie vom Bundeskanzler, und stark beteiligt war Volker Rühe, als er noch Generalsekretär war und sich geweigert hat, Asylbewerbern kostenlos leerstehende Bundeswehrkasernen zu überlassen. Dann hätte es Lichtenhagen nicht geben müssen. Ich meine die Zustände, bevor es krachte. Die wollen natürlich nicht aus einem Buch lernen.

Noch mal zu dem Einleitungszitat. Von da an zieht sich ein Ton, ich müßte jetzt alle Adjektive liefern, der Verbitterung gegenüber dem, was du die Linke nennst. Verbitterung, Wut, Angeödetheit. Kann man sagen Die Linke? Mein Eindruck ist, daß links immer ein Gewimmel von Stimmen, ein ungeord-

netes, schönes Wirrwarr ist. Du rechnest aber alles, was links gesagt wird, auf eine monolithische Linke.

Die haben schon einen bestimmten Wortcodex. Rituale des Sprechens, der Kritik. Das ist genau die Fraktion, die dem politischen Pragmatismus am fernsten ist. Das Weltbild des guten Menschen besteht eigentlich daraus, daß er eine Haltung hat, eine moralische Verantwortlichkeit fühlt für die Welt und für die Zustände, da, wo er lebt, aber überhaupt nicht in der Lage ist, für pragmatische Lösungen zu sorgen. Auch wie sich viele Linke zur DDR geäußert haben früher, das kotzte mich alles an.

Oder die I-Schreibweise. Das Kaputte daran ist, daß immer Gruppen, die positiv besetzt sind, beispielsweise als AntifaschistInnen – mit großem I – bezeichnet werden, aber Polizisten sind immer Polizisten, obwohl auch Polizistinnen dabei sind. Da begegnet einem doch auf Schritt und Tritt dieser riesengroße moralische Weltverbesserungsanspruch und gleichzeitig das Falschmachen, das Nicht-so-Machen im kleinen.

In dem Augenblick, wo du sagst Die Linke und alles verdammst und wegwirfst, und zwar aus sehr moralischen Gründen, bist du ja nur das negative Abbild desselben.

Ich bin in dem Buch natürlich immer in Gefahr gewesen, Negativbild dessen zu sein, was ich abbilde. Aus diesem Grunde habe ich mich auf den letzten zwei Seiten öffentlich gefragt, ob ich nicht selber profitiert habe. Weil da so viele Behauptungssätze drinstehen, war es mir wichtig, den Behaupter zu zeigen, und wie der dazu kommt zu behaupten.

Hinweis, Dank

Alle Texte wurden 1993 geschrieben.

Warten auf den Führer ist die Überschrift eines Artikels im *Freitag* Nr. 15/1993. Sein Autor, Michael Rutschky, hat mir den Titel freundlicherweise überlassen.

Neulich, als das Hakenkreuz keine Bedeutung hatte wurde im *Kursbuch 113*, Berlin 1993, veröffentlicht. – *Die guhten Menschen von Deutschland* erschien, stark gekürzt, in der *ZEIT* Nr. 34/1993. – Das Gespräch mit Michael Girke ist, in längerer Fassung, in *heaven SENT* Nr. 4/1992 abgedruckt.

Ich danke Elisabeth Kaufmann, Donate Fink, Michael Rutschky, Reiner Groß und Hans-Ulrich Müller-Schwefe.

B. M.

Bodo Morshäuser
Hauptsache Deutsch
edition suhrkamp 1626

Vier Jungs prügeln in einer norddeutschen Provinzstadt eine Frau tot, in einem Gewaltausbruch, der sich über Stunden hinzieht. Die Tat geschieht im Schlafzimmer der Frau; ihr Lebensgefährte, der Vater einer der Jungen, sitzt mit einem Freund im Wohnzimmer nebenan, trinkt Bier und läßt alles geschehen. Die Totschläger waren im Ort schon längst aufgefallen, hatten als Möchtegern-Skins Spaziergänger angegriffen, Türken verprügelt, Passanten eingeschüchtert, und fast nie hatte sie jemand davon abgehalten.

Der Schriftsteller Bodo Morshäuser – 1953 geboren und Vertreter einer Generation von Autoren, die Mitte der 80er Jahre mit Werken debütierte, die man damals meist als »Zeitgeist-Literatur« abtat – hat sich in seinem neuen Buch dieser Kleinstadt-Tragödie angenommen. Sein Essay mit dem Titel »Hauptsache Deutsch« beschreibt mehr als bloß unglückseliges Leben in der Provinz, das irgendwann explodiert. Sein eigentliches Thema ist das Unvermögen der bundesrepublikanischen Gesellschaft, aus dem Schatten Hitlers herauszutreten. Allen geht es irgendwie um Deutschland, um das Deutsch-Sein: Die Verharmloser behaupten, in Deutschland sei alles in Ordnung, und wollen sich mit den Rechtsradikalen nicht beschäftigen, die Übertreiber sagen, daß alles wieder auf Auschwitz hinausläuft. Alle betreiben sie Vorurteils-Recycling, alle handeln sie nach einem Drehbuch, in dem jeder seine Rolle nur zu genau kennt und niemand sich aus seinem Weltbild aufstören läßt.

Nur mit den Möchtegern-Skins setzt sich niemand auseinander; sie sind bloß Gegenstand eines Meinungs-Spiels. Daß man mit ihnen selbst kommunizieren könnte, fällt niemandem ein. Warum sind sie so, wie sie sind? Reden sie vielleicht nur deswegen von Hitler und ihrem Stolz, Deutsche zu sein, weil ihnen sonst sowieso niemand zuhören würde?

Morshäuser weiß auf all seine Fragen keine Antwort. Er legt nur, indem er genau auf die Wirklichkeit guckt, eine fundamentale Kommunikationsstörung bloß. Das ist vielleicht weniger, als man sich erhofft, aber es ist viel mehr, als die meisten Bücher über Deutschland zuwege bringen.

Peter Praschl, stern